虚古镇

韩文戈 ◎ 著

花山文艺出版社
河北·石家庄

图书在版编目（CIP）数据

虚古镇 / 韩文戈著. —石家庄：花山文艺出版社，2020.6
ISBN 978-7-5511-3737-9

Ⅰ.①虚… Ⅱ.①韩… Ⅲ.①诗集－中国－当代 Ⅳ.①I227

中国版本图书馆CIP数据核字(2020)第052330号

书　名：	虚古镇
	XUGUZHEN
著　者：	韩文戈
责任编辑：	郝建国　王玉晓
责任校对：	李　伟
装帧设计：	王爱芹
美术编辑：	胡彤亮
出版发行：	花山文艺出版社（邮政编码：050061）
	（河北省石家庄市友谊北大街330号）
销售热线：	0311-88643221
传　　真：	0311-88643225
印　　刷：	石家庄众旺彩印有限公司
经　　销：	新华书店
开　　本：	787mm×1092mm　1/16
印　　张：	17.5
字　　数：	120千字
版　　次：	2020年6月第1版
	2020年6月第1次印刷
书　　号：	ISBN 978-7-5511-3737-9
定　　价：	45.00元

（版权所有　翻印必究·印装有误　负责调换）

目 录

序诗：开花的地方 / 1

卷一　宇宙时空图

到达虚古镇的路径 / 5
关于山脉、河流和你 / 6
海 / 7
我们这些微小又明亮的人 / 8
活着是一件神奇的事 / 9
星空下的世事 / 10
每个睡眠的人和野兽 / 11
三只蝴蝶 / 12
永生 / 13
响器 / 14
画卷 / 15
星宿满天 / 16
寂静 / 17
我们的神又小又土，但离我们最近 / 18
先知 / 19
风刮动大地，万物随风诞生 / 20
乐曲 / 21
虚无作为一种物质 / 22
幻象 / 23

我独自在旷野…… / 24

风 / 26

望星空 / 27

星星拉上了窗帘 / 28

风像最后的祈祷词低低悬浮 / 29

虚古寺的鸽子 / 30

苍茫 / 31

我睡着了但肉体…… / 32

寻找 / 33

高处 / 34

宇宙时空图 / 35

风的诞生 / 36

我的脸庞像熟透的野葵花 / 37

道场 / 38

那么美的事物 / 39

相聚 / 41

真空地带 / 42

对隐匿的灵魂我深信不疑 / 43

每当我们谈起亡者 / 44

生命的杯盏 / 45

听风 / 46

在盛夏的山中 / 47

我从起伏的地面收回目光 / 48

天光 / 49

流星 / 50

一个干净的早晨 / 51

祝祷 / 52

河 / 53
秤砣滑动在刻满星星的秤杆上 / 54
山谷 / 55
暗夜里 / 56
坐在河边看云，看云上的天空 / 57
雨天 / 58
星空 / 59
泉 / 60
幸福时刻 / 61
诗是什么 / 62
圆融在不知不觉间 / 63
布谷鸟叫了 / 64
诸佛 / 66
下午 / 67
我向南的房间 / 68
虚古寺钟声 / 69
牧者的儿子 / 70
法则 / 71
飓风 / 72
一部字典 / 73
雨夜 / 74
天上的事，地上的事 / 75
白昼 / 76
夏日之梦 / 77
秋日的光 / 78
庚子清明纪事 / 79
歌哭 / 80

卷二　亲爱的大地

虚古镇 / 83
摇篮曲 / 84
我每天行走在虚古镇 / 85
复活 / 86
众人的故乡 / 87
一股隐秘的力量驱动着尘世 / 88
旷野里的门 / 89
虚古镇之夜，人间之夜 / 90
一枝谷穗，一千枝谷穗，一万枝谷穗 / 91
我们的歌 / 92
像钟表走动着热爱并赞美 / 93
孤独的流苏树 / 94
深冬与友人重访虚古寺 / 95
喜鹊 / 96
每个时代都不荒芜 / 97
虚古歌谣 / 99
地球的中心 / 100
寂静光芒里的虚古镇 / 101
一切都在雨天发生 / 102
野外 / 103
田野静悄悄 / 104
感叹 / 105
我们都是山中的无名之物 / 106
麦田 / 107

自然之光 / 108
一个自闭的人写着敞开的诗 / 109
献歌 / 110
田野深处 / 111
山冈 / 112
山水劳顿 / 113
一次 / 114
亲爱的大地 / 115
窗棂顶 / 116
经由矮矮的山丘 / 118
最后归来的大雁 / 119
内心的地标 / 120
抖落掉泥土…… / 121
天堂 / 122
一些动物和另一些动物 / 123
爱的教育 / 124
请握住我伸出的手 / 125
我就是这样看到时光离去 / 126
没有土地和草原的人 / 127
草叶和花 / 128
旧大陆，新大陆 / 129
日常的声音 / 130
这样一棵芦苇 / 131
人类的伟业 / 132
根须 / 133
无人践踏的土地 / 134
自然的恐惧 / 135

群山 / 137

世间的温暖 / 138

最后的荣光 / 139

南山 / 140

蟋蟀 / 141

标本的声音 / 142

低语 / 143

一片曾属于我家的土地 / 144

无边的嫉妒 / 145

寒露那天的凉风 / 146

干草垛 / 147

土地庙 / 148

歌手 / 149

夏至日的下午 / 150

祭奠 / 151

空 / 153

灰烬的意义 / 154

就像麦种与稻种 / 155

生殖之门 / 156

动物，植物 / 157

旧事 / 158

唯一 / 159

一种美被另一种美悄悄毁灭 / 160

鸽子和我 / 161

考古 / 162

种地球 / 163

井 / 164

当金色黄昏升起 / 165
那些鸟群消失在什么地方 / 166
人世是一件常穿常新的衣服 / 167
诗虚构了从前的白天与夜晚 / 168

卷三　人们的活法

我们这边人们的活法 / 171
每首诗都收藏一个已逝的日子 / 172
当我打开旧居的门 / 173
远行的人 / 174
回忆 / 175
小镇博物馆 / 177
占卜师 / 178
心灵之约 / 179
熟悉的古人 / 180
我个子矮小的邻居 / 181
大地测量员 / 182
诗人灰椋鸟 / 183
落日诗 / 184
乡间路 / 185
途中小镇 / 186
重读 / 187
十月最后那天的正午 / 188
另一种赞美 / 189
天底下 / 190
老灵魂 / 192

我认识的一个虚古镇人 / 193
我看到一头黑牛走在晴空下 / 194
目盲者说 / 195
山外有人修建了一座假教堂 / 197
镇上新开一家妇产医院 / 198
虚古镇来了马戏团 / 200
雪天 / 201
罗宾逊·杰弗斯 / 203
年轮转动 / 205
从这里,到这里 / 207
古歌里的英雄 / 209
致敬,苏林彦 / 210
潘家峪叙事 / 211
一九四三年刻印的战地小报 / 213
为虚古毛驴塑像 / 214
潜行的队伍知晓星辰对应着时辰 / 215
在一座反法西斯无名烈士墓前 / 216
小米 / 218
迁徙 / 219
一张老照片 / 221
电带来的…… / 222
乡村之梦 / 223
讨饭的人们 / 224
换亲 / 225
一九七〇年的一场火灾 / 226
光明与青春的故乡 / 227
饥饿 / 228

我的结巴大哥 / 229

奇异的早晨 / 230

姐姐和妈妈 / 231

到了中年，偶尔还被人唤着乳名 / 232

不知有谁还记得初吻 / 233

踏水车 / 234

母亲的村庄 / 235

物之哀 / 236

丘子坟 / 237

病中的妈妈，病中的我 / 238

穷孩子的一天 / 239

那个孩子穿过青纱帐 / 240

树苗长成大树，一茬又一茬 / 241

俯瞰 / 242

母亲的青春时代 / 244

马车时代的抒情诗 / 245

田间的妇女 / 246

白莲花 / 247

下雨 / 248

棉花哀歌 / 249

拖拉机 / 251

羊群 / 252

贫穷破败的村子 / 253

响晴的日子 / 254

黎雀 / 255

冬天的小镇 / 256

每个活下来的人都是勇士 / 257

野蜂 / 258

一个中国老农晚年的记忆 / 260

回忆一次与父亲生前的对话 / 261

写给韩泽云 / 262

每个人都出生在命定的时辰 / 264

我们是陌生的 / 265

在蓝烟缭绕的群山 / 266

鸟 / 267

在祖居地 / 268

序诗：开花的地方

我坐在一万年前开花的地方
今天，这里又开了一朵花。
一万年前跑过去的松鼠，已化成了石头
安静地等待松子落下。
我的周围，漫山摇晃的黄栌树，山间翻涌的风
停息在峰巅上的云朵
我抖动着身上的尘土，它们缓慢落下
一万年也是这样，缓慢落下
尘土托举着人世
一万年托举着那朵尘世的花。

2013年

卷一

宇宙时空图

我知道世界的内幕,星星嵌满天空时,
我知道星空的内幕。
有时我看不到,但能侧耳听到:
有些事物会借风声暗示它的来临。

——《来临》(1996)

到达虚古镇的路径

从南边平原来的瘦子,必穿过成片的庄稼地
随着他前行地势升高,他走在了山脊上
假如继续,他必沿着起伏的山顶
走向虚古镇四周的峰巅
这时俯视山脚,会突然发现,轻云之下
隐藏着莲花瓣似的小人间
一条河正绕过古镇向下游流去

从下游来的船只沿着暖水河上行
一个河湾连着一个河湾
每个河湾都隐藏一个又老又年轻的村庄
顺着山间夹缝的河道
总会来到被神俯视的山脚
这就是虚古镇,山中小码头停泊小船
卸空山外的货物,接上读书的学生

我读完书已经长大,无疑要返回虚古镇
像我这样的胖人爬不到山顶,神仙才能升到云端
也不搭乘缓慢的货船或渔筏,那样离河神太近
我会沿东边的峡谷,迎着风
两侧悬崖顶散落着众多烽火台与香柏
青石铺成的谷底
布满古今人马磨出的脚印与蹄迹

关于山脉、河流和你

他们知道,每当我提到山脉
想的肯定是北半球的燕山
其实还有一座隐秘的山,绵延在我心底
那是起伏在迷雾里、王朝更替的山峦
他们也知道,当我一提到河流
想的就是流淌在燕山里的那条短短的暖水河
其实我心里还有一条暗河会同时闪现
那是家族与民族繁衍不息的血脉
它遥远的源头敞开在古典的月亮下
却没人能看到它的下游通到哪个世纪
而当我一提到我爱的某人
他们就会说,那个人应该是你
我常在心里搜寻,另一份名单和脸庞
最终还是你,万物归一,离我最近的东方神

海

爷爷和爸爸都曾在海底种地
我坐在海水浸泡过的陨星上沉思
为人造屋,给佛陀建寺庙
爬到山顶我在岛上瞭望
看到远处的城市,布匹一样飘动
但看不到幕墙般的白帆
只有老月亮还一如既往地挂在天上
我走过草地与墓地
牛羊在吃草,他们睡在海底
风刮过我时,海面上掀起波涛
我说的是远古的海,狂野地推动地球
现在这里已是群山
我曾到过渤海、黄海、东海和南海
站在岸上,看海水隆起
驶过来的外星船先冒出桅杆
接着才是整条船
我和朋友们
在夜晚的沙滩上跳脚高喊
亿万年对我来说,也只是我活着的这些年
海水从虚古镇撤退
盐巴的海洋换成了时间之海
腾出空地让人世繁衍

我们这些微小又明亮的人

从光年的另一端俯瞰
我们不过是居住在一粒发光的尘土上
我像个傻子苦思冥想
把我们种植在尘土上的人是谁
同一片天空下，生者与亡者
相互依靠又各有各的方向
我们是更小的微尘，心却大过宇宙
跳动不止的心脏
每天让血液流遍全身
再把泪水泵出体外
光年像一束丝线把我们连在一起

从光年的这头儿望去
星星有如不谢的花朵孤悬
我们爱着那些与我们对应的名字
这常使我们远远地回望自身
每当夜晚再次到来
人间的铁带着锈斑走出万物
我也远离着我
在虚古镇，我们这些彼此依恋
又自生自灭的人
带着心跳、神话、歌声和泪
微小又明亮地燃烧在脚下这粒尘土上

活着是一件神奇的事

想想偌大的宇宙里
曾有个叫韩文戈的闲人活过,我就激动
他曾爱过,沉默,说不多的话
地球上,他留下短暂的行旅
像一只鸟、一棵树那样
他在宇宙里活过,承接过一小份阳光与风

想想在茫然无际的宇宙里
曾有一个星体叫地球,地球上有一座山叫燕山
山里曾有一条河叫暖水河,我就幸福
想想我就在那座山里出生
又在那条河边长大
这难道不是一件神奇的事吗

他还将继续活,偶尔站在河边呼喊
侧耳倾听宇宙边界弹回的喊声
他还会继续爱,继续与鸟、树木和那个
叫韩文戈的人交谈,然后仰望星空,捕捉天籁
惊叹星空和星空下大地展开的美丽
也记下一些罪人对另一些人以及诸神的冒犯

星空下的世事

大半个晚上,与朋友谈论他带来的人间琐事
最后也没理清什么
世事继续在山里山外发生
随它去吧,索性放下,一同走进夜色仰望星星
虚古镇,燕山山谷里的小镇
它靠近暖水河,一片孤零零的沙滩
没人能说出沙子的数量与来处
整座山脉在升高的海拔中展开,星星低悬
这里的星辰硕大水灵,密集而明亮
我们一颗颗辨识,仍无法说出它们的名字
只得收回手臂,不敢再指点空中的事物
星星们照旧在各自星座上闪动
组成一幅看似迷乱却又秩序恒久的星空图
仿佛那是给大地的启示,高远,寒冷

每个睡眠的人和野兽

我从没在起伏的大地上遇到过天使
但在虚古镇的夜晚
在那些敞开着院门和水井的人家
我看到每个眠者的睡姿都像天使
他们被棉花或丝织品裹紧
被祖先的目光、伴侣和婴儿拥抱
被古老的空气环绕
千万种暗处的野兽也躲开月光,进入了睡眠
它们是天使的另一副模样
睡在草叶、树下和石头中间,头枕自己的脚爪
而静谧混沌的空气是歌
充盈自然的野性,赞美,祈祷
地上四季循环,长出棉花、麻和桑树
土地看护着养蚕人和蚕蛹
让棉花开花,青蚕吐丝,天使安歇
让空气噙满水分,蕨草、青苔上含蕴命运和时光
这样,他们就又完好地进入白昼
从天使再次成为人,成为兽类
走在繁殖、劳动与人兽争吵的群山中

三只蝴蝶

三只蝴蝶飞起的地方，刚才还飘着雨
现在，干净新鲜的阳光已穿过洪荒时代
数不清的脚印一层层覆盖这里
遥远的古人与最近的今人经过此地
现在，雨刚刚停歇，万古常新的阳光
就重新穿透薄云，惊醒三只蝴蝶
野草从松软的足迹和腐叶子下钻出
远处，南方，大海闪亮，茶树的山冈奔跑如马群
在我看不到的细草上
我看到一只新生的小鹿站起
更远处，仿佛阳光与我另一个故乡，诞下一只小象
草，草地上的鹿啊象啊，连同贫穷的风
一同成为大地上的新事物

永生

一个从不言语的长者,已不会说话
他住祠堂对面,幽暗的小阁楼
鸽子在青苔上散步,在树木间盘旋
他轻易不下楼来,更不出小院
只守着一屋子书籍
可人们却说他根本不识字
那些书堆满了老家具和靠墙的书架
他很少打开门窗
让外边的空气吹进,也拒绝鸟鸣与雨声
他的书传自上一辈人,或许更久远
所有书页都是鞣好的人皮和兽皮
他能摸得出哪些是男人的皮
哪些是女人的皮,哪些是羊皮和狼皮
他孤身一人与书度日
寂静里,能听出人皮在聊天,宛若腹语
偶尔,他们也与他搭话和插话
大部分时间,皮上的文字自己发声
他能分辨那些低语或哭泣
兽们怀念曾经的天堂,亡者回忆人间地狱
而他内心四季循环,地方天圆
这无关乎识不识字,也不必阅读人皮、兽皮
只需与那些书在一起,他即永生

响器

夜深人静，烟火被打更者藏进灰烬
睡得浅的人能听到黑暗里的动静
厢房中，久已闲置的响器在灰尘下发声
夜色中，一眼眼死泉汩汩复活
那些羊皮鼓、铜锣、马尾松香的二胡在苏醒
羊群抱团酣睡，黄铜被草根吸到梢头开花
山中的松树一边吐出松脂
一边发出铁硬的光芒
祖上留下的马头琴已失去曲谱
正被一个影子乐手拉动
马厩里的马依旧看到那个马头在落泪
月光惊醒古装的驴皮影人，他们扁扁地爬出箱子
倾听树丛里刮来的风
我就是那个在人间睡得轻浅的人
倾听这些异响，在夜里，在万物的生长中
大音希声：当我听到
往昔的律动再次回归无人之境
我坚信，死后，某些文字也许会成为响器
在烟火收敛之时发出乐音
被黑暗里的少数人听到
星辰在植物上滴下露水，在动物上滴下血
不多的话语、夜鸟以及昆虫的鸣叫汇聚
在星光与幽灵中间飘荡，永恒之声

画卷

那些不认识的前人也曾像我这样爬到过山顶
只为偶尔眺望一下远山
俯视一次山下的村落和人烟
在我与对面的山脉之间
天空敞开着,鸟儿在其中穿越
以证明天空是空的
只有空着的天空才能接纳雨水和光线
暖水河在山下流着
昨天看到的鱼虾仍在水里游动
以证明水是空的
这样的空河才使人感叹"逝者如斯夫"
活了五十年,我曾牵挂的人与事都翻过远山
我的牵挂会越来越少
我变空,就像刚出生那样
以便盛放一生中蜂拥而来的事物
我身陷的人世是一幅无边画卷
挂在至高的穹顶
它不断被时辰吹动,不停卷起
前人的劳动越卷越小越空,像从未存在
我与后来者次第出现,生生不息
稍待,又被卷进风里,画轴越卷越紧

星宿满天

每天都在擦拭，以接纳光重新到来
擦拭菩萨，也擦拭我们的脸
当镜子不再明亮，我们就擦拭镜子
并与镜子里的那个人对视，相认
当内心变得蒙昧、幽暗
便跑到无人之处，一潭湖水敞向天空
我们吸纳山水自然的光
树木、草丛以及浆果自身的光
空中翅膀闪动的四季的光
当白昼消逝，夜晚来临
我们独自躲进居所，汲取古人的气息
像所有老树，根须探进久远的血脉
再让风擦着地面，来回吹动现世的尘埃
让更大的风吹拂我们身上的浮尘
在灯下、书里、万物的寂静中，与亡灵交谈
而窗外，人间安好，星宿满天

寂静

纺织娘、蝈蝈和蟋蟀
轮流占据了墓碑前的白昼与夜晚
它们在日光和月光下鸣叫
那叫声像尘土落下,填平碑上的字迹
日光与月光也含着最深的寂静
蚂蚁、凤凰和大象
奢望新生而被日光月光抚弄
但墓碑无声无息,像熄灭的火把
只是含着最深的寂静

我们的神又小又土，但离我们最近

在他们眼里，我们是白天黑夜永恒的孩子
他们看护我们哭泣、得意、调皮
我们说着"是"或"不"，说"渴"或"饿"
允许我们在河里泼水，在草地上撒欢
在果园恋爱，顺手摘下快熟的果实
在避风处晒太阳，在夜里盖着棉花捂暖
卑微的神守着更卑微的我们

小小的门神看护院落里古老的寂静
风神在月亏之夜造出各种风
风刮过比麦子还密集的人群，他因风得名
雨神造雨，人间脏了就造大雨
人世清明就细雨淅沥，他因雨而得其名
树神收集树种，树木覆盖山丘，凤兮凰兮
树神因其丛林养护人兽而得其名

这些小小的山神、河神、灶王爷、土地爷
搭起三片瓦就是一座栖身的庙宇
摆块石头就是灯台，点燃灯烛发出永世的光明
当我走在路上，不知不觉走在了神旁
神的家族枝叶丛生，各司其职
脸庞仿照我们的祖宗，传奇与传说一样生动
此外还有两尊神，一个诗仙，一个诗圣

先知

我害怕有这样一个人存在,一个先知
但他从不多嘴,他知道世事的结局
却有一个地平线一样闭合的嘴唇
他看着人们做下好事与坏事
让人尝遍苦难、离别、爱与仇恨
甚至他知道田野里的百谷
哪一种收成更好,他任由播种者盲目播种
他清楚风将在哪个日子、从什么方向刮来
吹落一树的果实,高个子的人与庄稼倒伏在地
羊群误食毒草,井水被灌下污物
他看着孤兽走向布下陷阱的丛林
而地震正悄悄靠近众生
他早已看到每个人日后的葬礼
但他只是沉默,从不托梦给我们启示
也不让星光带给黑暗大地以警醒
这样的先知我无法去爱
如果他是神,也一定不是我们的保护神
他凝视大地的未来,如旁观作战沙盘
而我只在往事里投下锚,让我的船队歇一口气

风刮动大地,万物随风诞生

这里四面环山,风吹不进来
起自暖水河的风把地面的尘烟推向山顶
浮云飘去,就成了过眼云烟
风推动四季,生命循环
风瞬息万变,又地久天长
我只是风吹过虚古镇时的幻觉
最高的幻觉描述出时间
人在空无的意念中像空气一样弥漫
哪有什么我们、你们和他们
人人都有一个风吹的人生
当风吹过,虚古寺会在清晨发出钟声
密林里,鸟雀弹奏白昼的钢琴
我会在夜晚护住河边的灯火
星空也在大风中摇晃
永不止息的风刮到哪里是哪里
风刮过大地,万物随风诞生

乐曲

秋后的山里到处乱蓬蓬,果实被摘光
我从山谷的果树下经过
就在这些树下,我曾一年又一年地听过
我父母的交谈,关于果树的收成
以及山下庄稼的收成,他们也谈到我
他们活着时喜欢一边干活,一边漫不经心聊天
我的爷爷、奶奶也是这样
在同一片山谷与果园
现在,这里只有乱蓬蓬收获过的秋天
只有候鸟与留鸟漫不经心对话
它们也许能感受草木哀伤的气息
汇成一支乐曲流荡在山间
回想刚刚过去的春天、夏天和秋天
寒冬也将随即来临
这一年,世界也许发生了很多事
我却只简单收获一些树上的果实,地里的粮食
跟以往的年份没有两样
镇里照旧又走了一些老者
迎娶女人,生下婴儿
日常都笼罩在那支乐曲的律动里

虚无作为一种物质

寺庙的废墟上，午后大地虚无升起
我闭上眼静坐，阳光一束束照在身上
尘土和风试图在我耳边激荡
不远处是向西的流水，水也走回头路
一只猫卧在干草上
它和干草都带给我隔世的气息
我想到已不在人间的父母，这有多虚无
我想虚无该是另一种物质，它坚实又柔软无边
承载我之所见，世界之所是
泪水、话语、屋舍、蚂蚁与大象
碑石牌坊、闲置的朝代，甚至善恶的意念
我们所居之地乃水中舟船，漂浮的岛屿
每天逆水行舟，划向日落
在岛上，我们饲养亲近的野兽
把事物标记成韩记、李记、王记、聂记
打开笼子放出或收拢鸟类
放出"我"，收进"我"之外的声名和姓名
听凭地平线在远处缠住行者的骨头
借酒浇愁，指桑骂槐，诅咒、表白、逃避
只有少数人在灵肉分离的片刻
看到万物之根被虚无涵养
虚无作为一种物质，载着船，托着岛屿
我们曙色中快乐，暮色中疼痛，夜色中畏惧
抵达晚年，世事成尘，才清楚虚无的硬

幻象

每座隆起的土丘旁都有一棵
看到或看不到的树木
也深埋着一只走累的旧钟表
尘土是最后的抹布,抹平时针秒针间的缝隙

每一只挣脱地面、抬到半空的马蹄
都提着一盏马灯
来照亮那匹奔马的路
它又制造吹灭火烛的大风

每首诗都是失语症患者的邂逅
他们在漫长的沉默里走失
诗借用语言的名义召集光芒
让语言照亮自身,骨头与血肉重逢

二十四个钟点里居住着二十四位巫师
二十四个谶语的旋涡打着旋儿
闪电在悬崖与水面之间跳跃
允许深处的根须用空中的血浆来书写

允许有人飘进空气,放下天梯再抽掉天梯
他被世人关进梦境,被蜂拥的梦淹死
他像一只自在的乌鸦消失在黑暗
也像一块远离尘世又被自己遗弃的飞地

我独自在旷野……

在石头上写下我狂草的名字
然后被雨水擦掉
在荒野留下我的名字
就像我曾无数次把诗集留在异乡的荒野
这不是为了所谓的永恒
我只想让灵魂能在天空下多待一会儿
想让名字长进石头
然后再树皮一样愈合，隐藏它们
我也把狂草的名字写进过草和露水
我的名字就狂草着
长进草和露水，成为草和露水的一部分

早有人在石头、草和露水里写下过名字
我们的名字合而为一
如果看到石头纹理正一根根扭动
那是石头还在抱紧我们的名字
而露水更亮，草一年又一年新生
写下名字的水波扩展涌动

写下文字的时候就像我一个人跳舞
在轻云与泥土之间
没有舞伴和音乐，没有观众和火
那一刻，我看到岩画上的人和动物走出来了
我的名字、别人的名字

也从石头、草以及露水里狂野地走下来
他们陪着我,顺应时间的线性

我看到植物像火苗,在我四周摆动
而马群和鹿群在人腥味的大地上惊恐地奔跑

风

风起之前，你是你，我是我，树是树
风起之后，你和我和树和风马牛都是尘土
而雨是呼吸的颜色，铁是时间的颜色
某种低音穿过了八月，它是群峰起伏的颜色

但风没有颜色，无论缓急，都是忧伤的
风无声吹过，风声是假象，当风经过世界
是万物发出声响，包括你的和我的
风沉默，雨与铁将拆解、焚烧最后的时辰

我目睹过黄昏刮起、黎明敛息的风
涌满幽暗的长廊与门洞，雨顺着星星的缝隙漏下
铁在沉寂中生锈，铁是长途奔袭的鸟
在空中飞行，铁锈会慢慢锈住它的翅膀与喉咙

这是大地，风会突然从树林、水面与人群中升起
又会突然消失在旷野的沟渠、墓地的草丛
但风中有座透明的房子，居住着年轻的神
他驭风而动，长途跋涉，带着毁灭的美与永恒

望星空

再也遇不到一个跑上高冈仰望星空的人
像多年前的我们那样
更遇不到望着星空泪流满面的人
像多年前,当我们还年轻
沉醉在幸福、迷茫与小小的恐惧里
也遇不到指点着星星
大声叫出它们名字的人了
就像多年前我们纵身跳跃、大声呼喊
那时我们也有太多星座叫不出名字
就给无名的星星按照我们的意思命名
现在,那些我们取的名字也已被我们遗忘
就像忘掉祖先的名字
忘掉了我们的来路,那么远那么远的源头

星星拉上了窗帘

死寂就是所有星星都同时拉上了窗帘,银河隐去
夜光里的事物也松开它们彼此牵住的手
你可以回忆了,那一刻,浩瀚宇宙只有你一个人
你回忆起谁,谁就在时间的流变里重活过来
想到哪件久远的往事,你就又活在忆起的叙事中

风像最后的祈祷词低低悬浮

风像最后的祈祷词低低悬浮在
河面、儿童与虚古镇上空
这是陈旧的青春在安抚最初的幻象
树木因风的重量而倾斜,山巅因风声而耸起
诗屈服于它的能指与所指
大理石留下雕刻刀的划痕
事物也停息、凝滞在自己的倾斜里
万物的影子有一道绷紧的弓弦
好心肠的人停在他所成就的好里
坏心肠的人,双手留在尚未完成的坏中
我看到从前经历过的每件事
也像凝滞的风低低悬浮着
等待某个咒语来点化:书写者把写过的句子
卷成密信,火保存了那些文字
就像火将保存一个个老去的人,灵魂低悬
没人能读懂灰烬中的字
和每个年老的孤儿
时间,这簇祭坛上的火苗
熄灭于青草、栅栏与落日虚古寺的回忆里

虚古寺的鸽子

虚古寺的鸽子,噗噗地
划着它们宽大的翅膀
超低空飞过我们、老槐与古街的招牌
我从未见过
别处的鸽子有这么大的翅膀
也许只有这样的翅膀才能搅动、拨开
虚古寺沉寂千年的空气
近距离地擦过人们的头顶
古寺在又一个春天寂静
随后我们也走进虚古寺,殿堂敞开
我好奇地抬头寻找鸽子
它们全都失去了踪影
只有那尊铜佛伸出一千只手迎着我们
睁开一千只眼注视尘世
我知道鸽子就隐身在
大殿、抱厦、罗汉、妙音鸟与古树之间
而寺外,燕山支撑的天穹蓝色澎湃
我们刚刚经由的人间,百花盛开

苍茫

一个活在群山里的人一定有一颗开阔苍茫的心
透过氤氲的烟雾,他看到山峦、水面、屋顶
都有着烟雾一样的苍茫,仿佛陆地在呼吸
透过铁律、典籍、诗篇和混沌的时辰
他看到秩序之下草木与青铜都顺着风,低下腰身
就像另一种波浪,顺应着另一种宿命在涌动
当他把看到的事物收进微小而柔软的内心
他有了一种不必再借助客体抵达苍茫虚幻的自由

我睡着了但肉体……

我睡着了但肉体没有停止它自身的苍老
另一些人在睡眠里曾抵达过彼岸
那里，倒流的时光被落日照拂
鸟群在无声的世事里盘旋
每隔几天，我都会到旧书市场闲逛
蹲在坟丘一般堆起的旧信前挑选
当雨天我无事可干，打开信封
感受以往时代人们的呼吸
信中潦草的文字看起来像不曾熄灭的火苗
照亮它们固守的时空
偶尔我也会跟儿时的伙伴回到老屋
过去的场景在脑海里再现
这是爸爸的家，妈妈的家，我的家
也是我们饲养过的牛羊猫狗的家
伙伴们的说笑搅扰着老尘土
小时候的趣事，掩住我内心的战栗
而后，当我躲开众人
泪水像一群透明的孩童排起了长队
爬下我的颧骨与胡楂
在忍住悲伤与放纵泪水之间
肉身是个负重的老脚夫
一刻也没停止它一意孤行的老去

寻找

公元前四世纪的某个白天，苦行主义者第欧根尼
打着灯笼在地上寻找说真话的人

在远离二十一世纪亮如白昼的夜晚
我躲进黑暗的深山，仰头寻找着暗下去的星群

高处

风吹草动,如果那时你正好站在高一点儿的地方
就会看到低处的植物纷纷摇动

就像人世间,当风吹来,有多少人也在摇动
仿佛植物变成了人,植物人们传递着同一个消息

宇宙时空图

我等你回来像星座等待星辰归位,随后看到
那轮大月亮依旧钟表般挂在山巅
流星溅起河水,地上的表针在露水里走动
上下四方曰宇,往古来今曰宙
我们唱起连祷的歌在宇宙里死去又活来
落叶重新聚在门前的槐树下
恍惚的初恋回到松林、果园与废弃的机井房之间
回到五月、七月、九月之间
抵达中年还能剩余什么,有没有一场雪
人世都是白茫茫一片
蚂蚁踏上早年的足迹如我穿过未来的废墟
愿那年轻的邻家少妇再生下一个小孩
让他像我们的影子一样长大
在原初之地,牲畜们一个个复活
春天的羔羊歌曲般围着我
黄土路再一次分开荒草,离乡者的步履
带走死亡或出嫁的消息
我们开始耕作,而父辈仍在旷野张望天气
闻着麦子与阳光
风是第三种极地,它把人群与芦苇吹得稀疏
水洗过的流星原路升起,校对好的钟表照常走动
在我看来,这就是我的宇宙时空图
里边居住着你我,而他们死去又活来

风的诞生

还没等我开口,风就截住我的话题
你不要说我转世或循环
说我来自过去年代的生灵
不要说我属于大地上事物的呼吸
我也不是夺路而逃的光线

那我是谁?来自哪里
当你看到我时,我刚从群山里出来
那里我时常沉睡,蜷缩在矿苗的四周
那里有我石头与草木的窝,而在土地下面
我比各种棺木与树根更深

如果看不到我,你就去听听流水
看河流顺着树干怎样爬上树梢
看我吹落无家者眼角的泪
我弯曲着,在每个人的头顶隆起
形成透明的屋顶,如同一座座走动的小坟

我就在你们中间,你们常说的隐秘的命运
我掀掉树皮上你们年轻时代的字迹
但我也来自那些古老的死去的文字
有时是你们的尘土,我一边丢弃又一边汇聚
有时是爱,吹进你们空而冷的肉体

我的脸庞像熟透的野葵花

日升月降：人盲目地公转、自转而搅动尘土
万物同在一个体系，我们的青春与衰老
在自身的另一个小系统鸣叫
野葵花仰俯之间，阴阳交替而来
莫名的力量挟裹着天灾人祸、和平安泰
更大的轨道上，一个同心圆在转动
人与百兽滑动在边缘，不生不灭
这是时间之流：我的脸庞像熟透的野葵花
地土上的事物蜂拥、浮沉
鸿雁反复告别马群，我的牙齿又掉一颗
树干上，一只蝉蹬开蝉蜕
白鹿奔跑，蚂蚁随着鹿蹄上的细沙一起下滑
种子埋入泥土，云在歌中飘起
细听，身外是三千大千世界的喧哗
体内细小的沙沙声，汇聚天籁
无边的翅膀驮起星群
我完成了，新生的孩童变成沉默的老人

道场

我把树林当作琴房,把河流当成歌喉
把雨丝拨弄成竖弦
把山峰撑起的穹庐看作镶嵌星星的屋顶
这无边的自然就是一座道场
在它的广阔和深邃里,我出生,然后死去
我的祖辈全死了,我的父辈所剩无几
而飞鸟、蝴蝶、猫和孩子
穿制服的年轻人、躬身的老者、树下避雨的马
就是一个个宿命中的乐器
他们按照自己的时辰与节令发声
尔后统统化成万物,与天地同在
我在虚古镇不过是个只会倾听的哑巴
夜晚安静,我把耳朵贮藏的声响
再在纸上一一复述
在虚古镇,我做的每件事
都是某个未曾完成的过程,急迫又从容

那么美的事物

我看到圆月出东山，宁静地升向银河
星群像秋天的银杏叶缓慢飘向远方
仿佛一只银亮的海兽拱出海面
海兽的脊背分开了海水
落日下的浪花与海兽的脊背那么美

月光照着苍老静谧的虚古镇
也照着我对面那个熟识的女孩
一阵清风吹开了她的裙裾
她浑圆的膝盖慢慢地露出来
初秋的风、她滑动的裙摆和她的膝盖一样美

那时我妈正顺着斜靠梨树的梯子爬下来
她篮子里盛放着黄色的梨子
那些浑圆的梨子泛着光
篮中的梨子、女孩手中的梨子
以及我抚摸的梨子都那么美，哦，离别也那么美

而雨天，所有的往事都将慢慢涌现
当我坐在前廊，东邻的木匠在锯木头
西邻的篾匠在织苇席，我看着雨在西山上敲打
雨雾中的小路蜿蜒着，通向山顶
它两侧滴着雨水的深草，被疾风分开

白石头小路在雨中露出来
而平时躬身走在上边,却一直被我忽略
空空的群山、无人的小路是那么美
就像我能回想起的往事那么美
所有事物不再含着人类的意思时,就会特别美

相聚

只有他才是最好的说书人
三皇五帝,才子佳人
都经由他的嘴才活在后世
现在他坐在鬼节这天的晚上
大槐树滴下露水
他把响板指向幽暗的天幕,星星聚拢
低悬在虚古镇上空
一会儿响板又指向绕村的河水
虚古寺的风翻动经书
他说一个个朝代就是一层层纸
有人仰起脖子望向高处
古人坐在上边正俯视虚古镇
倾听他们的故事怎样在地上流变
当他讲万古洪荒,天地玄黄
一介书生刚好穿过月亮门与狐狸精擦身
困顿的孩子扭头找寻听书的爷爷
不知何时老人们都戴上了面具
地下亡灵升起,萤火虫从墓地飞来
夜枭在远山近谷唱歌招魂
天地人神相聚在鬼节
黑暗的庄稼在黑暗里使劲生长
垄沟里的影子像一溜风
从前活过的人都要在这个夜晚醒来

真空地带

日子透明，但稍有些混浊，不同年代的人
住在屋里和屋外，隔着玻璃张望
我们这一队人马看到了那边一队人马
他们也在向我们窥视

有时候，我们中间没有玻璃，也没有空气
一片真空，像打仗双方的隔离带
我们只隔着一层薄薄的血
我们看他们，他们看我们，潮湿的红色

就像看一个被众人搁置起来的神秘年代
没人敢碰触、打开或进入
像看一部哑剧，疼痛与绝望哑默着
看得到彼此的动作，却听不到呻吟与呐喊

双方也从不往来，分属生、死国度
风刮动双方的衣服，但从不传递体温
像小时候村边的露天电影，站在银幕前后
看到的场景正好相反，但却共时发生

对隐匿的灵魂我深信不疑

我并不存在,假如你从没见过我
见过却不认识我,我仍不存在
认识我,却只看到我的影子
是你在误读我,我成了我的反面
如果春天不在这里
我仍处冬天,雪与枯叶围着我
春天对于我是不存在的
花朵与蜜蜂穿梭在你们中间
那些花朵蜜蜂只是你们的
哪怕我记忆里保留的全是春天
我隐在虚古镇,离你们太远
无论你是否记得我,我都不存在
我只对虚古镇才是个实体
眼前的山水才是我的
我每一个句子里都有羊叫与鸟鸣
草摇动在我的视野中
句子与句子的缝隙
弥漫着田野翻耕后的地气
可对隐匿的灵魂,我深信不疑
如果感觉到某一场风反复吹过你
那是万物的灵魂带去了我的气息
而土地和天空带来粮食和雨水
密集的时辰,容纳我们相聚
众多喜悦和死亡把我们连成片

每当我们谈起亡者

我们会在很久以后谈起那些死去的人
那时我们变得平静
谈到他活着时说过的话和做过的事
我们也会慨叹，或者开怀大笑
有时我们惋惜他的一生
每次我们谈起他们中的一位
就像在谈论一个依旧坐在我们中间的人
他有一副与己无关的神情
随便我们怎么谈他，他都懒得搭话
仿佛我们在谈论一棵盛夏的树
而谈论他们一群时
好像是在谈论一片秋天的树林
有时他也像大雨中的一滴水被我们谈论
而在谈论他们全体时
则像是在谈论星光下的一条河

生命的杯盏

生命的杯盏溢出,搁置的砧板
渗出生活的汁液
莫名地,刀锋与铁锈的泪
植物与动物的泪在雨天的砧板渗出
苦难算什么,活下去才是大事
就会有一道光破空而来
带着它自身的温暖与明亮
万物都将在光里欢舞,带着他们的宿命
歌声在废墟上汇聚
即便是废墟那也曾是人类古老的居所
马蹄急促地敲打地球
风里马群奔腾,从不停息
鸟群与星群拍打着翅膀,在天上礼赞
白昼、夜晚在连祷声中起伏
那生命的杯盏会从时间的深渊升起
来自低处的光与树木一起成长
像黑暗孕育的种子催出葵花
花朵的杯盏也在旷野升起
注满光线和露珠,像黎明溢出眼泪
被既短暂又永恒的尘世瞩目

听风

早晨我听到刮了整夜的风还在刮
童年的回声堵在门外
打开院门,万物像孤儿院的孤儿拥挤着醒来
春天里,抬起头的事物,睁开眼睛
它们也看到我,一个孤独的老友

午睡醒来,我听中年的风漫过山顶与塔尖
当我走进田野,猫腰干活
隐进庄稼与树木,植物摇动,动物潜伏
我听到那些经由早晨吹来的风
正积攒力量,以便越过白昼隆起的屋脊

傍晚走在返家的路上,风慢慢敛息
从高处落回膝盖以下,河滩、树坑与石缝
收藏地上的纸片和枯叶
弄响它们,仿佛孩子们的猜字游戏
我听到风在星光下走远,奔向山外的陌生人

而在子夜我已深眠,仍听到风在刮动
活在地下的人听风滚过头顶上的大地
古人在遥远的年代,倾听我的世纪
我听到了贫穷与苦难,孪生姐妹
一个唱着幽暗的歌,一个走在身不由己的风里

在盛夏的山中

在盛夏的山中体味寂静
空谷虚无处,传来落花苍老的叹息:
时间已逝,而我一事无成
我也听到山野雨后新芽
钻出泥土的声音,每年春天,这里的花朵
总是先开先谢,先知先觉
仿佛虚古镇是个隐形同心圆的原点
第一朵花、第一颗果居住在圆心
空气里传递的声音,犹如水面涟漪
俯瞰脚下的虚古镇,我看到
天空下,正盛开一朵巨大的花
一层层花瓣舒展进人间
一棵老树加速转动自己的年轮
河山平铺着一张唱片
鸟雀、树木、流水和风组成的乐队
每时每刻都向天空演奏乐曲
乐曲中的事物吸纳着水分与糖分
如果万物倾斜,那是果实在增加分量
像我这样终将消弭进亘古荒野的人
更加不值一提,但我还是听到
有个看不到的人在说:
"一眨眼,生命过半,而我一事无成"

我从起伏的地面收回目光

虚古镇四周的山脉挡住了我望远的视线
我从起伏的地面收回目光
那就仰头向上吧,天空古老的诗篇还在燃烧
逐渐黯淡下去的星辰有如熟透的果实
落向深秋的宇宙
那里,众多遗忘的脸还在远离地球
那是繁华废墟中的故乡
像很多年以前,我们踩着石墩跨过暖水河那样
陶潜踩着一颗颗东晋的星星
李白踩着一颗颗唐朝的星星
作为后人称颂的饮者,他们端着酒浆满溢的杯盏
一个俯首,一个昂头
正跨过大风吹拂、人造卫星穿梭的银河

天光

凌晨的天光描出躺着的群山、坐着的房屋
描出早起的人

然后是稀稀落落鸟儿斜飞的路线
然后是哭泣一夜的草上的露珠

天光驱赶着羊群上山
白霜把最后的蜜逼向果实

薄雾压得低低,像猫在赶秋风的路
一驾马车驮出陈年的干草垛

大地秘密地生长着微小的幸福与安静
一列火车犹如激流刺向白昼

我看到有人历经整夜的黑暗
我看到他开始歪下身子,打起呼噜

流星

那时的夜黑到伸手不见五指
地上的人就格外关注天上的事物
或梦中的事物
就像我们，玩累了靠在草垛或青石上
常常看到一颗颗流星
在高不可攀的夜空滑行
眼看它们滑到山脊这边，冲我们飞来
越飞越近，直到熄灭失去踪影
天亮后我们结伴找寻死掉的星星
不知不觉，最后总会来到乡村墓地
一块块残缺无字的墓碑
那是一个消失家族的最后背影
只有光线，光线里的浮尘
只有亘古的山脉与废弃的苹果园
除了野草在风中摆动
除了我们，群山中的人和物

一个干净的早晨

下雪的早晨有一种毛玻璃的混沌
我走在混沌里
从一个村子赶往另一个村子
给大雪封门的人送信
一只比雪中的山峰更高的黑鹰
穿过飞雪追赶我
当它逆风俯冲到我头顶
已被雪染成了白色
一粒白飞在更白的苍茫里
一枚族徽诞生于雪天
那时我还不会写诗
我停下脚步,在深雪里站定
站在雪飘天地时的大寂静里
我听到雪的后边
隐约着呼声
当我还是一个孩子的时候
在雪天送信
我目睹一枚族徽在混沌里诞生
那个早晨干净得难以想象
就像那个年代的那只白鹰

祝祷

死于遥远年代的流星，现在才下坠到我头顶
我对这些空中的遗址祝祷
那些轻盈的翅膀和燃烧后的灰烬
大地回应我微弱的祈愿
如果那些流星上也住着另一个族类……
就像我的虚古镇先人
带领他们的部落，隐姓埋名，逃离故乡
支起铁匠铺，熔化冷兵器打制农具
拆掉帐篷建造房屋，让炊烟升起
若干年，若干年后，人们带着种子与牲畜
也将逃离毁掉的地球，向苍穹远征
未竟之地只是宇宙的一个光点
那里，太空灰犹如玫瑰灰，掩埋神迹
罡风吹裂冰河与旗帜
那里，就是那里，将安顿无路可去的人群
所有国家都将只是一个国家：地球部落
所有人种都将只是一个种族：人族
那里，就是那里，接纳变异的种子和飞鸟
小小根芽的力量将超越科学
让家畜重归野兽，先是草，后是流水
另一颗太阳送来体温与浩大的光明

河

一条河轰响着绕过我的集镇,切开原野
我早已习惯河水的轰鸣,就像习惯雨幕后的鸟叫
无论我寄居人间何处,当我醒来
耳朵总是渴望听到河流的声音
事实上,我也总能在有河、没河的多重世界
听到它奔涌在地球边缘的悬崖之外
就像一条真实或虚幻的河,跋涉过虚无的栅栏
像一万个哈扎布①同时在呼麦,长调飘荡
那苍茫的曲调开阔,苍凉,充溢苦难

---

① 哈扎布(1922年4月—2005年11月),蒙古长调歌王。

秤砣滑动在刻满星星的秤杆上

我坐在光线与阴影的交汇处
随着它们的进退，计算一条命应有的时辰
地里劳动的人按着节令推演农事
鸟雀擦过树梢来去，昆虫爬行在植物上
这一切都关涉着光阴的长度

一些人拥有敏感的听觉、嗅觉和触觉
但他们一生都把听来的、闻到的
和触摸着的事物清空
并终生静默地领悟关于虚无的奥义
看护空出来的部分，比如耳朵、鼻孔和手掌

另一些人拥有着听来的声音、闻到的芳香
以及手中事物带来的分量
不仅如此，还要拥有更多的
声音、芳香和真实的事物
肉体太重而灵魂太轻

我坐在光线与阴影的交汇处
随着它们每天的进退而进退
标记蚂蚁出没的领域，蚯蚓掘开泥土的力气
地上的人随着昼夜长短，盘算诸事
就像秤砣悬垂，滑动在刻满星星的秤杆上

山谷

开天辟地,弧形悬崖高耸,围成回音壁
谷底观天,天穹平铺绷成鼓面
我坐在巨大透明的鼓里
聆听世界,活着的以及坡地坟墓里的声音
一种来自生死的安慰,抚慰我心
俯视,山坡梯田层层向下,排列的坟丘斜伸到人间
鸟叫加深宁静里的神秘
在这里,人预感着死,也激发对永恒的奢望
现在,我坐着,一座庙宇临风面壁
想百年、千年前的什么人
也曾这样坐着
和我一样,我们都没有什么声名
当我离开,一百年、五百年后谁又会坐在这里
而此后一万年,这里将成什么样子
会不会再次被海水灌满
人将永不再现,只有自然的回声响起
如果转世,再来这个世界、这个山谷
那就让我与此生的另一个人相约
再来一次少年的目睹、一次中年的倾听
还有一次是在暮年
我们一同化为岩石、树木、源自天空之镜的光线
在我们失去"我们"的一瞬
请万物保留住我们作为人类之爱的痕迹

暗夜里

暗夜里，无人醒来，除了我
此刻，我可以是披挂露水的树木，是醒着的倦鸟
是无家的野狗与客居的风
是白天不敢哭泣而夜色下泪水滂沱的孤儿
看着璀璨星空，想想人的孤独
无边宇宙貌似只有一个地球
地球上万物与众生，只有人类画地为牢
七十二亿唤作人的生物分居在二百三十三片土地上
因为孤独，小国跟随着大国
大国引领地球的命运
有人富裕，更多人贫穷
有人快乐，但所有人都拥有骨子里的乡愁
暗夜里，再没人醒来跟在我左右
开阔的天地、狭长的时光，闪电只照亮我一个
群星黯淡，或许它们也不再醒来

坐在河边看云，看云上的天空

我在这里，总在这里，直到坐化
流水也总在这里，它在流，直到源头枯竭
我坐着，群山、大象和蚂蚁也坐着
我们像逐渐远离的邻居
它们说话，我也在说，两种方言
我讲我的，它们讲它们的，时间不急不缓讲自己的
几乎没有差异，同一片天空下，同一条河
比如悬挂的星星，白昼它暗淡下去
黑夜它亮起来，星星总挂在那里
生死的距离也许并不大，只隔一口气，一层土
生和死也总在这里交错
一座小山丘可能就是一道分水岭
隔开不同的小流域
那些身在幸福中的人嗜好言说苦难
幸福与苦难相距不远，上午之后的下午
那些安居的人在文字里放逐自己
这就是双胞胎的由来，相互吸引的双子星
除了爱，我厌倦的越来越多
时间在大地上的玩偶
就像此刻，我坐着，群山、大象和蚂蚁也坐着
我们在同一条河边看云朵来去
看云上的天空，翅膀邈远，未知与无穷

雨天

我们走在雨中，有时也聚到老祠堂
晶亮的雨使人兴奋，也带来哀伤
群山峡谷间，天地一过客
那自古以来的愁绪，早已融进家族的血脉
只是远路而来的雨又把它们洗亮
雨也落向矮山冈，梯田错落
满树的果实在雨中呈现
常常在雨天，我无处可躲
年轻时我们逃命一样各自散进人间
现在被所剩不多的时日追赶
犹如牧群在冬天转场
我们冒雨返程，回来团聚
手电照亮北方山村的石子路
黑魆魆的农舍传出老人的咳嗽
落上星光的岩石被雨再次洗净
那些星光走了一千年才抵达燕山
一年前、五十年前与千百年前的夜空一样古老

星空

小时候经常听大人说
地上有什么,海里就有什么
后来我曾在海边居住,证明了这一点
现在搬回虚古镇,偏居一隅
这里的上古就曾是海底
除了打开书本,阅读外边的世界
每天只面对群山、风水与农事
我内心深处生长的事物
与身外活着的事物完全相同
当夜晚降临,万物困顿
我会站在星空下,仰望十分钟
不敢独自站得太久
那会让我因绝望而发疯
我颤抖着,像一棵土丘上的荒草
我感到内心竟与星空出奇一致

泉

强劲的地气经由缠绕的根子向上生发
那是聚集在土里的灵魂
遇到树皮、屋瓦、睡着的翅膀，凝为露水
遇到流浪者，凝为泪滴
遇到深秋、劫掠与闪烁寒光的金属，结晶为霜
而在更早的夏天，众多灵魂升到天上
地上的人指着消散聚合的它们
瞧，那些没有牵挂的浮云
等它们在冬天落下来就成了雪片

从露水中听到我们共同母亲的哭声
从寒霜里听到大地正合拢一本书，关上一扇门
我在白雪的脚步声里听到天使在临近
在年终的夜里，我想家
我未曾到过的远处，仿佛另有个恍惚的故乡
而天上，他们从未见过面的姑姑
会在后半夜把粮食放到穷男生、穷女生小小的家门
在靠仰望星象过日子的陈旧的虚古镇
他们还坚信贫穷时代的爱情

幸福时刻

每天傍晚我都目送夕阳落下
夜幕随之铺展,山冈、河流消失
万物连同他们的灵魂隐进黑暗
前半夜灯光照着人间的道路
后半夜月亮照着连绵起伏的坟墓

清晨我会迎接旭日从烽火台东边爬升
天空面纱撩起,地面开始清晰
我看到山脉与水脉环绕小镇
万物在这一刻睁开双眼
他们重又看到短暂的我,也看到永恒

诗是什么

"妈妈,这些流苏花、槐花,跟去年一样"
身后的小女孩仰脸看妈妈和满树繁花
"一样雪白?香馨?开得热闹?"
可我没看到院子里,去年被我祝福的小女孩
那时我因看到她而想到过天使
她坐在我前边,睁大眼睛,似懂非懂,那天真啊
听新诗人读新诗、古琴家演奏古琴
也没看到一大一小那两只紫燕
去年它们曾飞到我头顶,更高处是蓝天
低处是杂乱的人群,察看转瞬已至的暮春
稍远处,去年的古佛塔还在聚集阳光
它的内部比我想象的要明亮
可我没看到去年塔下,那个手捧鲜花的女人
她的脸庞透过花瓣
哦,这是在燕山,万物一新却物是人非
我母亲沉睡在山中,如果她在
我则永久是个少年,她会坐在白昼深处
哼着哀伤的《小白菜》曲调
我能否问她,我知道她回答不出
甚至她没听说过写诗的李白:诗是什么
——诗就是去年绽放的丁香与海棠
去年的小天使,燕子,花瓣后面的脸庞
以及照亮佛塔内部的光

圆融在不知不觉间

群山环绕，虚古镇狭窄的天地
有时使我沉闷，窒息
我便沿着古迹进入往事
或在新近事物里展开无穷想象

天空平展如屏幕，精灵的白飞机
犹如天鹅，地上的人刚仰起头它就飞过
春天花期短过蜜蜂的小身躯
少年，中年，老年，倏忽即自然

这一生没人能细品其中的滋味
快速的事物更像慢性病
地球上，万物都在不知不觉间完成
犹如地球的运动之于宇宙

四季也在不知不觉间转换
熟人不知不觉间走散，不再相逢
一个人口众多的亲爱的家
不知不觉地分开，风吹散花瓣

日子不知不觉间成了往昔
山坡上，枝头的苹果悄悄变红
虚古镇的人管苹果甜了叫作开糖
开糖，不知不觉间果肉蓄满了甜蜜

生命的喜悦恰在生命的流逝中
爱与慈悲就在不知不觉之际
仿佛我在懵懂中越走越远
仿佛是那些经由我而逝的似水流年

布谷鸟叫了

布谷鸟又开始叫了
在树上,在河边,在我们村庄的上空
在燕山,在河北,在外省
我翻开许多世纪以前的诗,一路翻下来
一路都会听到诗中布谷鸟的叫声
我也多次把这叫声写进诗里
我想知道,我所听到的叫声
与多年前别人听到的叫声是否相同
在布谷鸟眼中,世界改朝换代
可它们的叫声从没改变
就像自古以来的诗篇,无论世事如何翻新
诗都是那只往来于天地之间
呼唤春天的布谷鸟的叫声

诸佛

站在高处,我已忘我,渺远的群峰
往后退去,铺展,如佛加持人间
天空澄澈,鸟雀穿过一根根抖动的光线
人的异味与杂音在低处氤氲
待我回到低处,"我"也回到了我的内部
落进无边的目盲之夜
苦了啊,虚古镇活着的人们
数字的病毒时代像年与年之间的缝隙一样裂开
我看到人们彼此躲避
厌弃加大他们的株距与行距
更多夜色充填其间
这一刻真怀念古书中的时光
几乎是同时,又怀疑那些消逝的好时光
是否曾经出现在人世
那时,众人高古亦澄明,有如连绵起伏的群峰
耸立在万里苍穹之下
苍生即诸佛,行走在慈悲的大地上

下午

地上,阳光正拆毁胡乱搭建的白昼
道路纵横,但那条永恒的大道却已消隐
人们每天仍要来到废墟中,仔细清洗时间的回声
黄铜把根须探向泥土中的宫殿,那里亡灵狂欢
一切的死,一切的生,一切的死而后生
我看到水泥和伞柄向上撑起阴影
一对恋人分手之后的反目
接着,所有上午的雨一并到来,洗刷大地
接着,雪落下来遮住万物
一行野兽的蹄迹通向倾斜、短促的下午
这里,无边荒原,仿佛只有我一个人活着
一眼井敞开在中央,无声地吸纳天空下的黑暗
包括经由我流逝而去的时光
一些时光像玫瑰的灯,还亮在我的记忆
另一些则像空豆荚灌满了秋风,早已经熄灭

我向南的房间

我向南的房间,摆放着一只唐代花瓶
某个初夏的夜晚,它在月光轻抚下迸裂
因为墙上挂的那幅明代牡丹图
花朵绽放得太过猛烈
我听到远处的朝代,有一种肌肉拉伤的疼

童年时,我曾被一匹小马驹掀翻在虚古镇
它踩过我后背,消失在那个倾斜的下午
现在它苍老的马头探进窗子,嚼我诗里的青草
我看到,山谷里,一棵熟透的野葵花
压低硕大的向日葵盘,逼着自己探向大地

虚古寺钟声

钟声顺着柔软的草尖、坚硬的石头滑下来
草尖像风一样弯下腰,石头颤抖

钟声顺着我的头顶、耳朵和鼻子铺下来,渗进土里
我的心宁静如十月的湖水,我宁静如一颗星宿

牧者的儿子

月圆之夜,我常离开果园
爬到更高处的山谷,无人之处
我能看到,一个牧者的儿子
从南山的岩画里走出
他抓住月光,荡秋千一样
飘荡在月光拥挤的夜空
微风或疾风也来弹拨月亮的竖琴
永恒的孩子昼伏夜出
只为在月光里找寻远离他的母亲
山下,虚古寺外的流苏树也会被明月照亮
风翻动一片片叶子
我想此时所有阳光都应汇聚在天堂
我与那孩子在低处的月光里沐浴
而月亮消失的暗夜,我只坐在果树下
风只低伏在果园的梯田里
不远处,乡村墓地
窸窣的响动来自土里的人
那时,岩画里的孩子也睡在石头里
我是另一个牧者的儿子
大地速朽的仆从
旷野静谧无人,夜晚混沌无神
万物携带秘密沉睡
作为局外人,我见证着存在的另一面
但我从不作声,只是观看或者倾听

法则

路过今天，也路过你的往昔与即成往昔的未来
路过你的死亡，你的再生之地和你说过的话
你路过的星空中有你一张脸
路过的水里，你居住过多年的孤岛正沉落
每天你路过树木、稻田、雨，身边的众人以及村庄
也就在路过墓地，陌生的邻居
你每天路过的别人的窗子里有你的私生活
你路过你的抚摸与足迹上
遗落着别人的欢乐，你的头发，羽毛，叹息
你路过的每一天也都在路过我
你路过太阳，如同路过火焰
有一天，当你感到疲劳，想歇一下
你会静静地坐在宇宙中央
而万物正如云朵，它们也在匆匆路过你

飓风

向上的通天塔、向下的天坑,四分五裂的人群
寺庙、汽车、尘土覆盖的典籍里的姓名
雪峰与墓碑、大河与血库
都随着地球的转动,形成宇宙的一场飓风
而我们活在飓风中心,玻璃建造的不朽宫殿
我们必经非法或名正言顺的杀戮,慈悲的施舍
以及朝代更迭,以及黑暗与黎明的蜜月期
如果谁被甩出去,离开风的轨迹
谁就永远消失,风吐出骨头
而如果谁还活得更久,谁就会反复被人放回摇篮
他就一定是时间的意外
繁星再次为他抽出枝条,大海捧出蓝玫瑰

一部字典

一部绸布封面的字典遗失在荒野,它打开
有如春天释放出鸟、花朵与野兽
所有事物都从纸的深处复活
像复活的孤零零的词
当它合上,在某个遥远的冬日黄昏
漫漫长夜在雪中来临
无边的黑丝绸从高处垂落,覆盖雪
按照声母与笔画排序
我们也睡下并保留着一页页呼吸

雨夜

十年前,某个夏夜,大雨之后,小雨嘀嗒
我把自己丢在大陆腹地的安多草原
那里,格桑花开遍草地
我躺在木屋紧靠窗子的木床上
遥望不可能现身的高原星群
那一刻,那些时间之外的事物来到了我窗前
被我看到,我想我也被他们看到
他们像一群孤儿,来自宇宙深处
晶亮的雨淋湿了他们
他们因此而明亮,无声的闪电仿佛他们的道路
我因激动而发抖

在那些幽暗的脸庞里
我看到了你被我淡忘多年的脸
这让我回到那之前,更早的年代
那些年代恍若根本就不存在,那是我的孩提之夜
在低海拔的燕山里
我也曾看到过,那些来自遥远星空的脸庞
那时我还能看到更多隐蔽的事物
只出现在我一个人面前
包括我第一次看到的你的脸,你在我眼前显现
我坚信,我还会回到最初的时光
若干年后,那栖身之所,在燕山,也在时间之外

天上的事,地上的事

每到夏夜人们沉入梦乡
星星们总要成群结队返回河里洗浴
赶在天亮之前,它们再回到天上
每当冬夜,河面封冻之后
风会送给河水一双白雪的翅膀
当微弱的灯火在暮色中点燃
暖水河也会飞到天上
留在地上的穷人们
整晚围坐在油灯下回忆亡灵
夜深人静,当他们感到了困倦
会一边起身送客,一边仰望明晃晃的银河
正悬在落光叶子的白杨树顶
赶在天明之前,河水还乡,回到大地上

白昼

我的日子总是从红色黎明、蓝色鸟群
与一片绿色苹果树开始

到了晚上,它由燃烧的星群、透明的露水
和杂乱的草稿结束

它们之间隔着属于我一个人的白昼
各种方向的光牵着风贯穿了它

我能闻到马粪、新劈开的柏木、校办工厂
以及老人们散发的干蔷薇花的气息

在白昼隆起的正午的屋脊下
河流一路问候醒着的时辰

那里,鸟群有如空中的祝福再次汇聚
如果我轻易在白天睡去,我就错过了敲门声

那些朋友与仇人,那些逐渐大起来的雨声
所带来的熟人与陌生人

夏日之梦

夏天的正午，我似醒非醒
苹果们从树上跳下又蹦回原来的枝头
一只野猫舔着我的头发
蚂蚁的仪仗队在我身旁的岩石上
排练它们的国歌
我的胳膊被小螳螂当成了高速公路
各种矿苗钻出地皮透透风
两只灰鸽子立在毛驴的脊背交谈
我第一次透过眼帘的缝隙
看到它们变幻成红鸽子、绿鸽子、黄鸽子
稍远处，一匹白马穿梭在松柏树丛
蓝火焰打着卷，从每座坟墓向着天空喷涌
田野里，去年死去的母牛
捡拾着散落各处的骨头
重新组装骨架，安放器官，走回虚古镇
我看到山下的村庄仍在暖水河两岸
小镇居民恹恹欲睡，我不敢喘息
不敢睁大眼睛，平躺的身体继续扎下根须
我怕一旦完全醒来
世界又恢复成我沉眠之前的模样

秋日的光

水因温度下降得以澄澈而平静
水面在云朵的移动中反光
果实跳动在枝头鸣响,随南北风向的转换而闪光
如果在夏季,我历经苦难或饱尝甘甜
到了秋天,我的记忆在另一个人眼里也会反光
蒙尘的书籍在失眠之夜打开
下一页将不断聚集着光,像庄稼断茬上的露水
犁铧、镰刀经过播种与收割
沙土、植物与世事磨亮了它们
它们的锋刃会在日光、夜光里变得尖锐
角落的猫、草垛上的鸟、雨季的车辆
都在加厚的沉寂中闪烁
疾速的时间逆向擦过月亮、琥珀和农历九月
这些事物在黄昏与清晨被擦出明镜
冬天还隔着若干日子才能到来
我们还要在某个节日给亡者送去寒衣
秋日之光撑高低沉的天空,土地漫无边际
我和对面的盲人进入彼此的内心
他用我的眼看着近处的光芒
我借他的耳朵,倾听远处事物的呼唤

庚子清明纪事

无雨,默哀的头颅连绵到千里之外,我被困异地
只有给虚古镇的亲人打电话,他们困在群山中

拜托他们,替我祭扫我故去的另一些亲人
但所有电话都没能打通,茫然,仿佛这浩荡的人间已空

歌哭

病毒弥漫：我抬起手，一只鸽子从矮树丛中飞出
像一只白色琴键弹起，飞到空中
我抬起另一只手，一只乌鸦的黑琴键也飞起
这是众人隔离的早春黄昏，天空压抑，大地沉闷
我独自一人来到不远处的草地

沉寂多日的世界就像死亡本身，我抬起手臂
就不再停下，大地的琴键无休止地跳动吧
万物一起活在洪荒的旋律里
让树木、晚风、河流与鸟飞起来，呼吸
当星辰嵌满穹庐，我们会站在旷野仰头流泪，小声歌唱

卷二

亲爱的大地

在冀东群山,我终日游荡。
无限的时间充满山谷,无限的风充满感恩。
回忆何其无奈!回归又多么茫然!
童年短暂!故乡无限!

——《在冀东群山》(2000)

虚古镇

这是我的虚古镇，哦，他们说我是个闲人
三个季节我操心地上的事：种植，灌溉，收割
留一个季节忙天上的事，写下谶语似的天书
这里也是占卜师和殡葬师的虚古镇
外来诗人灰椋鸟进山定居在这里
仿佛他就是早已失踪多年的通灵人
整夜灯光长明，当凌晨诗人的灯熄灭
只有一个僧人的虚古寺却像有一千人在诵经
如果需要，药铺老板
可以把四周群山的药材全挖进药铺
他闭眼说出药草的位置，生长的年头
那个长不大的小男孩每天跟在鼓书艺人身后
能记住艺人弹着弦子唱出的故事
虚古镇坐落在燕山深处
一块祖国与时间的飞地
这里聚集着鞑靼、契丹、女真和汉人部落的后裔
契丹归元，忽必烈马鞭一指：你们都是北汉人
千百年，繁盛衰败，死寂灭绝
但总有人躲过劫难
重新繁殖人丁、放养牲畜与遍种百谷
在暖水河边守住废墟
此时，按虚古历法，太阳开始从南边返回
没人能确定虚古镇的坐标
它的经纬度随着长庚星的移动而变幻

摇篮曲

生命中的每个日子
我都倾听着天边低回的歌声
遥远模糊,但充满柔情
那是土地的摇篮曲
唱给尘世的孩子
那些群居的农夫或山中的猎人
迁徙的鸟群与独飞的鹰隼
昆虫、树木、四只脚的野兽
都是旷野哺育的孤儿
我们睡在同一支摇篮曲里
那也是母亲的歌谣
无论她走得多远,多久
也会把她的歌留在尘世
有时因为思念或身处磨难
我们也会轻轻啜泣
大地却总是托举着我们
接受天光的照拂与母亲的歌
在黄昏的幽冥里,在无边的黑暗中

我每天行走在虚古镇

每天行走在虚古镇,观察草木与庄稼的长势
我之所见正是图腾里的先人之所见
我抚摸过的古木、泥石
都曾被他们亲近过,我听到的鸟叫
也一样被他们听过,我拜过的虚古寺
他们也曾拜过。现在他们不再目睹或抚摸
不在虚古镇的天空下劳动与行走
却依旧操心我们
用留下的谚语、歌谣、潦草的书卷
春风吹来,"枣芽发,种棉花"
"五九六九,隔河看柳……
九九加一九,耕牛遍地走"
行至中秋,他们说
"八月十五云遮月,正月十五雪打灯"
在他们的关切里,我弯腰凑近花朵
光脚踩进新翻的田垄,让土壤的凉意渗进身体
我想,弥漫在空气里的气息
依旧会弥漫着他们
当有人跟我谈论永恒和不朽
我要跟他说说这气息和血脉,这风和水
虚古寺钟声和不死的烟火
我每天在群山游荡,双手空空,竖着耳朵
无非是吸纳天地之气,感应古人

复活

有一天我把败落的村子原样修复
凭记忆，谁家的房子仍在原处，东家挨西家
树木也原地栽下，让走远的风再次吹向树梢
鸡鸭骡马都在自己的领地撒着欢
淘净水井，贮满甘甜
铲掉小学操场的杂草，把倾倒的石头墙垒起来
让雨水把屋瓦淋黑，鸟窝筑在屋檐与枝头
鸟群在孩子的仰望中盘旋在那片天空
狭窄破旧的街头，洒满阳光或浓荫
小小十字路口，走街串巷的叫卖声再次响起
把明亮的上午与幽深的下午接续好
再留给我白昼中间那不长不短的午梦
当我把老村庄重新建在山脚与河水之间
突然变得束手无策
因为我不能把死去与逃离的人再一一找回来

众人的故乡

总是用每个飘落的日子搭建房屋
把白昼铺成屋顶,让它在正午高高隆起
到了黄昏,夜砌成房屋的四壁
挡住来去的风和野兽
把涉足过的路径连成线,围成我广阔的院子
栽下树,挖井浇灌
那是无花果树、苹果树、无名的花草
在漫长的时日,我活在古人与今人之间
几乎快用去了我的一生
现在,我回望往昔就像回望从前那个少年
他也曾像我这样凝视大地上的老者
那时他看到的是混沌和沧桑
有一天,当我走出时光之屋,回望它
发现它已陈旧如一座废墟
我知道我的肉体也已在不老的青天下变老
院子里,我看护的树木老得不再开花
脚步经行之处愈发狭窄,院子变小
我不得不让出远山、大河、高原、草地
我的领地将成为荒凉的遗址
一片处女地,被所有路过的人忘记
许多个世纪之后,我知道还将有人在此重建
这是生者的大地,亡者的故乡
他们的居所,他们的院子、树木和水源

一股隐秘的力量驱动着尘世

永恒的情欲有如润滑剂循环着四季
诗人与诗被万物所包围
一只蝴蝶与另一只蝴蝶在花丛中交尾
它们悸动中的专注那么美
夏秋之交,一只蜻蜓压着另一只蜻蜓
它们悬在芳香的空气里,翅膀共振
仿佛互为暴君押解爱的囚徒
每年农历二月和八月
母猫总被自己折磨出压抑不住的呼唤
它们跳到屋顶、墙头、树干
乡间陷在怪异的氛围里
一群孩子向两只合体的狗投去石块
我没为狗羞愧,却感到它们的狂野与可怜
一只公驴从后面跃上一只母驴
它们在河边的柳树下旁若无人
两个提水少妇红着脸催促着走过去
一个对另一个说,这些骚驴子,真不要脸
植物雌蕊的柱头承接雄蕊的花粉
连同它们的茎,一起在微风中颤抖
细小的喊声飘浮在空气里,鼓胀,聚合
这一切都在悄然发生,每日每时
一股隐秘的力量驱动着尘世,比如诗

旷野里的门

四月的布谷鸟躲在雨幕深处,打开小机关,叫个不停
它用自己的声音喷淋、洗浴,合拢的山谷传出歌声
一个孩子走出大地,他藏有全部事物的种子
跟随着雨脚,他一边走一边播撒
曾经我也这样,一边走一边播撒,在年轻的日子
现在我收获越来越多的遗忘
我还将看到燕子悬在水面用坚硬的嘴提水,建筑新居
人们腾出土地,腾空名字,腾空老院子
想让鸟住进来,那些布谷,那些燕子和鸽子
那些啄木鸟敲打光秃秃的老树,挖出树干腐朽的年轮
生命的黄金,也正一点点离开我,被新家收容
夜里轮到我在人间值班,打更
我听到旷野里有一扇门不停地打开又关上

虚古镇之夜,人间之夜

我穿着防潮御寒的名字,让夜在名字外弥漫
星座穿着先贤的名字,亘古高悬
我知道星星也像堆积的朝代一样塌陷
接下去,要么像野史熄灭,要么正史般明亮
天上的风和地上的风从没间断
大风会顺着时空通道,在夜晚送来远古的信息
小风会挟着古人在风里赶路
我的祖先也曾在某一颗大星的照拂下赶路
鞍马劳顿,骆驼和甘泉一日日死去
他们来自遥远的虚无之地
那一夜,最大的星向上冲破流星阵
当它进入自己的轨道,逃难的队伍刚好来到燕山
在山水、鸟兽和野火里扎下根
我看到一只白羊、四朵莲花抽身黑暗飞向天空
蹄下荒野灯火点点,河流漾出涟漪
现在,在人类的边缘,我想念山外伟大的同类
他们正在另一颗大星照拂下赶路
寻找家,有如众多的名字寻找星座
哦,没有人不是寄居于地球
死去的人留在远古,活着的人留在古人的目光里
正如那个叫西雅图的印第安老酋长所说
  "大地并不属于人,人属于大地,万物相互效力"[①]

[①] 引自印第安酋长西雅图的《印第安宣言》。

一枝谷穗，一千枝谷穗，一万枝谷穗

一枝谷穗在幽冥的晨光里升起
一枝冀东的谷穗穿透薄雾
在虚古镇的山冈升起，露水滴答
早起的鸟扑棱着湿翅膀从这里蹦到那里
河流环绕的山冈，一枝谷穗在升起
村庄安静，夜在撤退
穿过又一年的又一个夏夜
一枝谷穗在逐渐明亮的清晨升起
起早赶路的人碰落悬浮在空气中的水珠
打湿他的鞋和裤腿
群山放亮，一千枝谷穗伴着晨曦升起
而隐去的幽灵有一双看不到的手
轻摇谷穗，留下他们经过人间的踪迹
赶路的人已站上高处
只一会儿，天地明亮，山顶一抹阳光
漫山遍野，一万枝谷穗次第升起

我们的歌

让我们坐下来,安静地,回忆一下往事
那时候,我们也像你们这样年轻
每当心境落到低谷
就骑上一辆裹着铁锈、快要散架的自行车
脚上是断了带子的塑料凉鞋,短裤肥大
一边在小镇街上猛骑,漫无目的,一边在心里号叫:
"再大的风雨我们都见过,再苦的
逆境我们同熬过"
也曾整夜醉酒,骂一个想象中的恶人
一群想象中的恶人,他们也许从没出现过
也会走了调地合唱那首老歌
"本来就没有救世主,全靠我们自己"
——这都是真的,我、他们——我的老友
像一群快乐又伤感的孩子
哦,那时候,日子镶嵌着蒺藜的花边
现在,老朋友已离散多年
现在,我们又重聚一起,安静等待慢慢老去
心里的歌已如倦马温顺
而远处优雅的人们,正在旷野的阴凉里嚼着甘蔗
我咀嚼着某人、某些人吐出来的甘蔗渣
就像石碾碾出发霉的粗米——
诗的糖汁乱溅,生命元音嘶哑,时光弥漫大地

像钟表走动着热爱并赞美

渴望被你再次拧紧发条,以便清晨再次把你叫醒
如同正午过后,我在中年鸣叫
顺从天意,我在某个命定的时辰出生
又在干树叶、雪花和疾风中锈蚀
黎明也将拿掉昨天的落日,中年诗篇抹去青春
从前被你催促赶路,找寻一张张脸
那是马群一样的灰气候
石头也在漂流,众多脸庞和枯萎的白昼在一起
久远的月光依旧照在我租赁的肉体上
请让我胆怯地再爱一次,哪怕是最后一次
热爱那个什么都没有、什么都不是
热爱这里和那里,赞美所有的不可知
热爱从没见过的雇主,一些人是长工,另一些人是短工
热爱并赞美你给予我的过去、现在与未来
赞美你拿走我时的双腿一纵,倏忽百年
热爱我离不开的尘土大气,倒悬的江河与森林
赞美单纯的生殖,柔软的夜晚
热爱女人的纬度,幽暗照上她的侧面
而午时的花瓣早已纷纷飘过
赞美齿轮咬合的经线、子午线,它们大声呻吟
谁和谁在一起转动地球
那就热爱世上所有拧紧的钟表,那些滴答声
在某一个即将消逝的早晨
和闹钟一起尖叫,赞美并打破大地长久的寂静

孤独的流苏树

每当我眼前升起那棵千年流苏树
它就立刻缀满鱼一般的果实，在树叶间游动
但这棵雄树只开花不结果
当风吹来，我能听到开裂的树干传出哭声
一定有人居住在树洞
不知谁把一粒树种带进了虚古镇
就像没人知道我来自哪里
或许王朝更替，征战的马蹄
携带流苏种子跑过千里，恰巧掉落水边
那时没有虚古镇，也没有我
直到遥远年代的四月、五月，它开出白花
从此它开花即下雨，落花就刮风
树下，女占卜师用鱼化石砌起草庐
苦行僧筑起虚古寺
众人围坐山脚，中间开阔的河谷
一棵雄流苏等待着一棵雌流苏
而那个外来诗人灰椋鸟，传说已与星辰合体
他在北温带的流苏树下坐禅
如坐在南方的菩提树下
我却在俗人中间操持农事
秋天午后我在树下等风，看风吹黄树叶
春天早晨，我推开门，来到树下望风
历经春秋之变，我目送一年又一年
风刮起寺庙与树木之尘，慢慢埋掉我的一生

深冬与友人重访虚古寺

太阳滞留在昨夜的寒冷中
白昼短如某道德家遗孀串门的空鞋子
落光叶片的树木已是过气的演员
此刻,我尤其想念以往夏季抒情诗似的白昼
有如盛大的舞台搭建在天地间出演
我犹疑地等待着它们重新到来
就像等待以往的爱
我们一边谈论着远处的盛夏
一边进入山中,不远处是清冷寂静的虚古寺
对于它,我一直有种幻觉
无论什么时候来,虚古寺总像悬在空中
它离地的高度恰恰相当于我的肉身
顺着它的飞檐与瓦垄,冬日晴空延展过山脊
一群鸽子在逆风中盘旋
我曾反复问过,鸽子飞起来会想什么
友人手指山脚与远方,这就是当代啊。晴空下——
寒冷的日子里横亘着万年山冈

喜鹊

秋天的喜鹊站上快要落光叶子的白杨枝头
它用粗嗓门不停地对着我大声叫
就像从前,一群熟悉我的大喜鹊、小喜鹊
反复飞过村庄的屋顶
从这棵树到那棵树,它们追着我的脚步
正如我跟我的伙伴们,在秋天,在父母的土地上
所看到的那样
就像在海上,南十字星悬在南半球水手的头顶
北斗星悬在北半球水手的头顶
为地球上所有迷失的船只指引回家的方向

每个时代都不荒芜

经常想象古人,先是月亮,后是月亮下的草地
毛驴驮着书卷,走在通往山居的路
他们是否也想象过今天的我们
就像我也会想象多年后的人
我想庄子在世时
他绝想不到地球对面,未来的博尔赫斯
但庄子的时代并不贫乏
才有他那样的逍遥游
陶渊明的时代没有弗罗斯特
他也想不到,比他更早的维吉尔
他并不寂寞,沽酒,辞官,种田,独坐菊花丛
在东晋的土地上,写下饮酒诗田园诗怀古诗
尽管六百多年后,他的名字
才被苏东坡拂去蒙尘,引为前生
杜甫也经由多年,被后人请上神坛
他的时代没有米沃什
但他写出了唐朝的史诗,他的逃亡与流浪
而虚古镇,不会再有人继续写诗
除了灰椋鸟,这个隐在山里的异乡人
当然,我也偶尔写一些
似是而非的分行短句
我说过,我从不是诗人,我想不出
灰椋鸟之后多久才有另一个陡峭的人诞生
就像早已熄灭的星辰

在它们之前,远古星空灿烂,吹过一阵一阵的风
在它们之后,未来夜空,是否依旧繁星满天

虚古歌谣

先来的是大雁、小燕和仙鹤,它们都来了
先走的是孔雀、喜鹊和麻雀,它们都来过
留下的是海狮、大象、鸽子、白鹿和苍狼

先来的是爸爸妈妈、哥哥姐姐,他们也都走了
先走的是河水,是花朵,星月,它们也都来过
留下的是古歌,空气里的应答,是兔子、牛和家犬

地球的中心

我从东门出镇,流苏树下,虚古寺里有人诵经
田畴之上,间作的庄稼在诵经声里摇晃
牲畜帮着人们使劲拉犁

我从西门出镇,正对高耸的西山
雨水、山泉汇成溪涧,撞向青石和裸树根
来到平地绕过房屋,拐弯汇进河里

我从南门出镇,几步外的暖水河
沿着山脚,带着看到与看不到的事物
流向下游的水库,再往下
一座城市居住着那些搬进城的人

我从北门出镇,视野里已是外县的集市
更多的穷亲戚在那里乐天知命
耕作,收获,繁衍后代

而无论我从哪里出镇,去做什么,走到哪里
脚下都是祖先骨殖化成的沃土
头顶古老的空气,耳边先人的话语
这人神共居之地,夜晚星辰高悬,白天鸟雀成群

寂静光芒里的虚古镇

寂静光芒里的虚古镇,事物的影子在拉长
仿佛古曲仍在古典的白昼里传递
白银似的流水从天上泼下来
万古愁啊,水银像青烟注满了古燕山
一事无成的千万年,白骨累累
那些骸骨仍在登高的路上,或宿醉的客栈
暖水河漂满湿透的信札,不知寄给谁

割袍断义的时节,意气风发的年龄
回家的人独自走在落日下
白银似的流年从高处铺下来
万古愁啊,大雁和小燕从上空飞过
面目全非的千万年,青丝黑发
他们仍然仰望天边,山顶与云端交汇
黄土漫漫,狼烟阵阵,册页如落叶

一切都在雨天发生

失踪多年的人换了名字和脸
在院门关闭之前,突然打着伞回来
有人还将继续下落不明
雨仍在下,农夫和农妇被困在家中
他们关灯,做爱,说话
虚古镇断绝了山外的联系
地球上发生再大的事也传不到这里
但一切都在雨天发生,大道朝天,虚怀若谷
小张继续与小李的仇恨
在相邻的墓地,老张和老李
却穿过生生不息的植物的根握手言和
叶茎饲养虫子,石头喂养翡翠,群山豢养老虎
抓紧繁殖,开枝散叶,一刻不停
遗落的麦粒在错误的季节发芽
逃犯躲在雨幕后边洗手
他让尘土和路线成泥
行刑队把火枪藏在了山谷
天使冒雨给我送来一封彩虹旧信
一份过期的天堂邀请函
山脉和木头抱着我仍在雨里
我的周围,一切都在雨天发生

野外

我们经常在野外的小路与河边会聚
我们是朋友,或陌生人
如果没有到野外去
我们走过的路也会会聚在野外
很多小路交集到一起就变成了大路
认识我们的鸟、牛羊也会会聚在旷野
很多时候,它们是陌生的
它们擦身而过,或打个招呼
有时会走动的事物都不再去野外
那里一定特别寂静,就像月亮刚刚死去
可出乎意料,那些不会走动的事物
也会醒过来,挪动,飞翔
它们代替了我们,在无人之处相聚
如果我们和我们熟识的鸟兽都不去野外
井台上的辘轳,山中的草药,墓地的碑石
也不再汇聚一处
那曾经在去年、前年或少年时代刮过我们的风
便会再次刮过露天的旷野,汇成更大的风
吹过河流与山脉,吹过村庄
最后还会吹过我们
有时我们在风里,擦身而过
有时我们打个招呼,慢慢熟悉,像灵魂

田野静悄悄

一匹马看着土里露出轮廓的死马骨架

不知它是否认出了自己

一个被接生婆拿掉的孩子

大地上没有他的位置

他只能飘在天空,以他的沉默

对应大地的沉默

坟墓扎根于泥土,里边的主人闭着嘴

听任草木的根靠近他

试探他的沉默

蝉在此之前已放声高歌过

而蝉蜕保持着它不被人知的沉默

我的诗不再刻意与这个时代对话

但它却在与所有时代对话

像我刚刚看到的那匹凝视骨架的马

开始吃草,它终将被所有时代的青草吞没

就像此刻,我流浪在静悄悄的田野

并与田野交换寂静

如同流浪在一个巨大的木头玩具房子里

被死亡教育

感叹

我有写不完的诗,就有流不完的泪水
我有爱不够的人世,就有用不完的叹息
在这无边疆土,是滚滚来去的人群
我有土地与矿藏一样厚重的苦难
就有扯不断的无奈与哀伤
我心目中,那首伟大的诗篇仍没被我写出
我心疼着的弱小生灵,仍在颂诗外流浪

我们都是山中的无名之物

对那些叫出名字的植物、虫子、鸟雀
我不过是在分辨它们的形体和叫声
它们从不知道我对它们土得掉渣的称呼
几乎我们都是无名的，如果可以
它们可以喊我为老韩、大象、强盗
也可以喊我一阵风、一场雨
而对更多事物，我叫不出名字
我们却在同一时空共生
对那些穿过峡谷来到虚古镇的人
我也无法了解他们更多，他们的生和死
对于我，他们当然是无名的
对于他们，我也无名
我只是他们眼中偏僻之处一棵走动的树
或一块呼吸的石头，绵羊，笨马
活在树该生长的地方，石头该堆积的地方
绵羊与马吃草的地方
树木、石头、绵羊和马本是无名之物
我们就一起活在无名之中，感受风吹雨淋
对于山外的那些灯光、楼房、车站与人
我或许是它们想象中的一缕青烟，甚至只是空无
当我独处，我会为每个细小的想法而欣喜
转瞬，我就会因这种欣喜产生羞愧
我没有理由在万物面前傲慢，彰显智性
我的力气、欢喜、痛苦甚至死亡都不值一提

麦田

今天不写风,写风过后的麦田
今天也不写麦田,写麦田里的孩子,横穿麦垄
今天不写孩子,写孩子穿过麦垄后
消失在阳光的火苗里
今天也不写遍地大火,写火被雨扑灭后
地里瞬间变得干净
今天也不写雨和白白的麦茬
不写麦鸟飞去了哪里
今天写那长大的孩子站在空空的大地上
他眼前出现的几座坟墓

自然之光

那时他们仰望星空,并说道——
瞧,那就是行星合唱团!
而多年后,在虚古镇,我头上只有飘荡的尘土
再听不到行星合唱团的歌声
我在敞开的自然里沉睡
或长久地醒在繁茂的事物中
倾听植物晃动、鸟儿飞动、河水流动
微风会向我吹来田野的气息
而鸟的翅膀驮着它越过千山万水
带翅昆虫从这棵树飞向另一棵
钟表不需要翅膀,钟表是时间的现代时装
孤独的人寻找另一个等待中的人
永恒之光穿越混沌而来
给了苹果红色,给了黄瓜绿色,给了葡萄紫色
给了虚古镇居民黄色
现在我听不到行星合唱团的歌声
只看到一束光留在盲人眼里
水壶与麦穗放在饥饿者面前——这一幅静物
自然的杰作,尚未在母亲的慈悲里完成

一个自闭的人写着敞开的诗

我所热爱的事物正名正言顺地归来
不再在遮蔽里藏匿,像阳光在自身的光明中到来
一个自闭在群山中的人,努力写着敞开的诗
我只沉浸于自然之物,只崇拜生身父母
多么伟大又朴素啊,是识字不多的人
把我接引到尘世,并安置在山水自身的光芒里

献歌

无论帝王怎样——化成尘烟
风总还是要转换方向擦净教堂与寺庙
蚕蛹在丝绸里醒来
人们写过的字也总是落叶堆积落叶
然后被一根火柴点燃
避风处的草根还会拱出地面
当我打开窗子
小鸟衔来第一缕光线
游荡一夜的灵魂顶着露珠站上枝头
它永远牵引我的诗
那时我刚好从书架上抽出一本诗集
世上的爱也正靠近婴儿的脸庞
雕像将说出尚未说出的话语
他们在尘土中再次发声
缓慢的歌汇聚着，卑微的昆虫张开翅膀
无论多么沉重
有些事物也总是在缓缓上升

田野深处

空气中的马蹄、翻卷的暮色和阳光的敞口瓶之间
一个自然主义者的幽灵在徘徊
稀疏的村庄里,火一刻也没熄灭
像血隐秘流动在一代代人的血管中
每年一次,苍老的灵魂都会来到深秋的田野聚会
他们在耕作过的日子和泥土上舞蹈
允许风一边摇摆又一边凋谢旷野深处的植物
所见诸物裸呈在露天之下,瞬息万变
如果继续探寻,那只有深入无人之境与时间的废墟
倾听干花的呼吸
而枯叶将带来晚秋时节老人的气息
先是遗落在土里的粮食发芽,随后是铁、碎瓷
最后是兽骨与人骨、散了架的地契上的文字
失却形体的魂魄,允许我在它们之间寻找盛夏的往昔
雨水洗出掩埋的花生与红薯,麻雀擦着秸秆飞行
更多的光线正被乌鸦吸进体内
盛年过去了一大半,万物凋敝,蟋蟀停止合唱
土地缓缓起伏,涌动盐的潮汐
田野只顺应季节,不在乎人的感叹与牲畜的俯仰
大地开始收缩根须护佑的子宫
但这不是为了诞生,而是在包孕未来的梦
这里将被一场大雪覆盖,在垂老中等待什么再次来临

山冈

出生后,我最早认识的那些人
都已死去
现在,我还能记得他们的模样
更早的人,我没见过
可我从族谱里
看到过他们的名讳
他们都更早地离去
埋在了荒凉的山冈上
现在,我也开始衰老
肉体松垮、牙齿晃动、关节失灵
那些荒凉的山冈
随着一茬茬人的掩埋
正在荒凉的世道
一寸寸长高
不知道,要埋下多少骨殖
那向上的山冈和山丘上的小村庄
才能高过那些
向宇宙求救的信号塔
而更远地离开大地的苦难

山水劳顿

得道尚未成仙,他们骑着白鹅游历世界
山外青山,楼外楼,死后他们喜欢骑白鹤
跨海,翻山,风播撒他们的声名
天上的飞机,海上的航船,双脚蹚开尘土
风云际会带给他们喜悦
天空、海与道路都曾被古人写进书中
现在,得道者仍要赞叹,重新抒情或叙述
而我蜗居虚古镇,开门见山,闭门听风
仿佛落难于自家的旧山水
鸟雀像故人飞在山中,河水与幽魂绕过村落
众生化成厚土陪着我,我已知宿命
四季不死,万物浩荡
经过我,又继续滚滚向前
我的路古人走过,我接着走
我头顶的天空与万里外的天空同样深邃
我日有所思,夜有所悟
但依然悟不透生命的奥义与喧哗之下的寂静

一次

临近中午,我还在纵深的山谷割柴
别人要么回家吃饭,要么赶着牲畜下山
去河边饮水
我直起腰,返身回望
梯田依次向上,树木、庄稼簇拥着隆起的土丘
烟岚中的鸟雀神秘地在阳光中摆渡
万物忘我,如其所是,在巨大的宁静里
它们无从知道,边缘处
我窥视到,无人之境中它们的自在
一亿年的山峰在我攀爬不到的地方继续高耸
我在山上、山下活了这么久,还将活下去
但从未想过要爬上绝顶
山脚村庄喧嚷,我从那里来还要回到那里去
远山遥遥,一条河穿过东山与西山间的大小村庄
几乎每日我都要爬到山间劳作
只有这一次,临近午时,我一个人
站在这里,才感到我的体内贯穿着天地之气
像一场细雨落下,把我融进身外的自然

亲爱的大地

这是亲爱的大地,我居住,行走,梦想
犹如文字印在纸上,我四周是另一些文字
我们纵横,仿佛庄稼的田垄
或许品种不同,一些无用,另一些有毒
我也会结下种子,就像写下新句子
那些稻谷、稗子、曼陀罗、罂粟

他们也曾在这里,远去的圣贤,在时间深处
留下他们的文字、劳动的痕迹
就像风磨钝的石斧、水锈蚀的铁器
灰烬藏起来的火种
但我们又多么不同,假如同是文字
他们却是永恒的诗句、大地上的松柏

我无用而短暂,喧哗中的叹息
尽管我们都被印在纸上,在这亲爱的大地
偶尔我也能写出一首喜欢的诗
但大地并没什么改变,还是老样子
就像我们都曾活过,田垄纵横
而天空敞开,云雀升上云端,麻雀留在树丛

窗棂顶

这是一座山脉的主峰，当然不是地球的主峰
也不是亚洲的，甚至不是燕山的
但却是环绕我们小镇诸多山峰的绝顶
放牛、捡蘑菇、砍柴，我们只能爬到它的脚下
再向上就是天路，凡人止步
在这里，我常会莫名遥想到本地的古人
那时，一道山泉正从崖上喷出，跌下深谷
多少年来，四季不歇
我们会俯向脚下敞开的山坳，大声呼喊
除了深渊空洞的回音，再没别的动静
仰头，我们的喊声被风和鹰驮走
我想那喊声或许抵达了峰顶
一亿年，那里只有阳光、风雪、流星和鹰的足迹
时光的灰尘铺展了一层又一层
当我们在晴天眺望
一道道远山犹如缓慢的波浪，向后推动天际线
山脉与山脉形成了巨大的沟渠，汇聚着流水
它们来自不同的水系，却都引到虚古镇
就像某些清晨，我们在山脚会合
然后攀爬上山，而地面，沿着山河走向的小路上
正往来迎亲、送葬的人群，这六道轮回的民间
我看到汇聚的河流穿过大小河湾
在不远的下游，有一个我曾到过的山口
过了山口就是平原，水将再次分流

重新成为众多河道，绕过干旱的村庄
有些细小的水会隐入地下，成为暗河
有些将汇入不竭的大海
就像我们，午后开始在突然大起来的风里下山
依次穿过针叶林、阔叶林、梯田里的墓地
来到谷底低伏的尘世
我们也要散开，像小小的水，隐身于各自的夜晚

经由矮矮的山丘

每天走过镇子西边矮矮的山丘
寻找那只传说中的老虎
像那个打虎的僧人
虎失踪之后
他坐在蒲团上倾听蚕啃噬桑叶的声音
多少年来,我就是这只蚕虫
从蛹到虫,尽可能让嗓音低沉
更多时候我在蚕茧里保持一只死虎的沉寂
以让寂静穿透喧闹的时空
我远离那些用高音说话的人
那些语言的老虎,吹着自己的胡须
这样才能保持住我的平静
以及世界的平静
就像蒙塔莱,哦,这个意大利隐逸派诗人
荡秋千一样,他总会从尚未到达的极端后撤
到达低处
一生保持他不做英雄的权利
但请不要怀疑他的力量
就像木纹,总是不知不觉间留住年轮
而细雨要洗去芭蕉上的浮尘
这么多年我总是经由矮矮的山丘
隐约倾听大风刮过老虎
像那个打过虎的僧人,在老虎隐去的日子
坐在蒲团上,倾听蚕虫啃噬桑叶的声音

最后归来的大雁

最后归来的那群大雁已少了很多
这样，雁叫声因少了自身的阻碍就传得更远
天空也显得更空阔
我仰头，目光追索着渐渐北去的雁阵
当它们彻底离开我的视线，我有些依依不舍
不过，转瞬之间
一群隐匿低空飞行的鸟雀又马上飞起来
填补了大雁消失后的空缺
它们搅乱了白日的秩序、春夜的凉意
与刚刚出现的寂静
或许，它们又重建了白昼的秩序、微寒的春夜
以及另一种寂静

内心的地标

有人告诉我,找人就到大庙去找吧
这里的人平日都去那里
我走遍虚古镇的这个小村
也没找到一座庙宇,但却遇到了人群
他们说,这里就是大庙
大庙没了,大庙是多年以前的事
但现在这里还叫大庙
村里没见过大庙的年轻人也是如此
将来出世的孩子也会一直叫下去
消失的大庙成了人心里抹不去的地标
就像有的村管桥的遗址叫老桥
把那棵大槐树曾生长的地方
继续喊成大槐树下
管一片早已铲为平地的墓群叫老坟
而把废弃多年的小学叫小学堂
白天,这些地方充满尘世的喧闹
夜晚星光下,露水打湿寂静

抖落掉泥土……

无论我怎么写,只要写下词,任何词
都会沾染人赋予它的陈旧意义
人之所悟,隐蔽的能指与露天下的所指
我在秋天收获花生、土豆与红薯时也是这样
只要从松开的土里提出它们
一嘟噜一嘟噜的花生、土豆和红薯
也总会有潮湿的泥土夹在其中
散发着我喜欢的土壤的香气
但秋天不知道,我真是厌倦词夹带的意义
而我却喜欢块茎上携来的泥土
当我把泥土抖落掉,把收获之物放进箩筐
是不是也应把词语放进几步外的河里
洗去它们的阴影,或干脆停下笔
只身感受秋天,不再写下寒霜、落叶与房屋
秋雨会冲掉根块上的泥,显露新鲜的果实
收走粮食的青纱帐只适合制造风和风声

天堂

那给野兽治病的告诉我
水牛、高原上的野鹿和山冈背面的马群
一起建造地上的天堂
病老虎、困狮子和遍地的豺狼
一起建造山中的天堂
鹰隼、雕和雁阵建造高处的天堂
我们就在这些天堂中建造自己的天堂
那给野兽治病的活在最低处,被我们所轻蔑
像过时又粗糙的马灯
依旧挂在山脉的大雨里
照亮野兽的疾病,疾病里的天堂
当乞丐得到火,黄昏酝酿风
那给野兽治病的
将用尽人间仅有的一点点仁慈
我们不过是一群病着的瞎眼人
不如一只林中的羔羊
在人们寻找天堂的时候
却在夜晚挖好了白昼的深渊
那给野兽治病的,在我们的轻蔑中
替我们建造着天堂

一些动物和另一些动物

一些动物不会说话但有歌声
另一些动物有语言、五线谱和琴
记录自己的荣耀,赞美少数人
一些动物没有信仰和宗教,但它们有爱
另一些动物常提到他们的宗教和爱
却随时做下最残忍的事
一些动物记忆短暂,或干脆放弃回忆
另一些动物发明文字、竹简、墨与印刷术
记下他们正话反说的历史
一些动物被另一些动物所命名
然后他们把自己命名为人
并用美好的名词为自己制作一顶尖帽子
一些动物被另一些动物杀戮
一些人被另一些人干掉
屠夫因此得到快乐,然后弹琴或著述
他们区别人性与兽性,有时会指鹿为马
像真理羞于说出自身的影子
人整日驱赶动物,有时也驱赶另一些人

爱的教育

见过一位老人独自呜咽吗？此刻，早晨
一个老人坐在河边哭泣，虚古镇唯一的殡葬师
年轻时替死者洁净肉体
今天，他压低嗓门
对着空旷的荒野和水面落泪
哭声不大，我却感到了空气的推动
他的面前是不动声色的水面
对岸，大片良田，庄稼在昆虫鸣叫里生长
远处，村庄陈旧，一道山脉成了分水岭
太老了，就像那些被他收敛过的人
他也将告别熟悉的一切
当他收敛过的肉体已成土，人成了故人
他还要替那些肉体的灵魂最后哭一次
他们飘在空气里无家可归
他在以呜咽安魂
这是一场来自底层人的关于爱的教育
这个没有子嗣的老鳏夫
他的哭泣还在继续，只是略微低于鸟鸣

请握住我伸出的手

请握住我伸出的手,这或许只是渴望
看着锅里翻涌的黑豆
我想到什么?河湾旁,黑白童话里的村庄
山冈的坡地上种满豆类
毛茸茸的枝叶伸展,雨后彩虹横跨山谷
干完农活,伙伴们坐在山上遥望,天蓝得发空
没人说话,每个人都朝着不同方向
只有雏鸡在林间草地鸣叫
整个下午,空中飘浮着隐秘的哀伤
田野里庄稼拔节,父辈在青纱帐里劳动
多年后,他们陆续埋葬在那里
那时是八月,少年的八月,少女的八月
白昼漫长,万物生长
八月我们伸出手,搂着彼此的肩膀
紧紧地靠在一起,就像现在
滚动的黑豆在沸水中紧密相依
我们也是同根生,却在各自的命运里浮沉
时光一刻不停地把我们煎熬
我伸过时空的手,渴望再一次被握住
像曾经那样,父辈未死,弟兄们坐在山冈
到处是黑豆、黄豆,到处是谷子、高粱

我就是这样看到时光离去

西山脚下的小村庄阳光退去,进入幽冥
那时,我在东山脚下的小村庄访友
余晖还照在房屋、畜棚与儿童身上
眼前一片明亮
我向西山看去,那里起了烟岚,倦鸟归巢
祠堂、小学校、干草垛消隐
在东山与西山之间,田野开阔,河流波动
农民抓紧一天最后的时光
他们身上落满余晖,我的心里一层锈色
时间正一步步从庄稼、鸟背上消失
直到昼光变成暮色,东山也进入夜晚
周而复始,缓慢,恒久,循环
我就是这样看到时光离去

没有土地和草原的人

有地的人,总是朝向他的土地
打下五谷杂粮、水果蔬菜,以安顿家人
有草原的人他朝向草原
那里有他的鲜花、牛羊与马群
我这个没地、没草原,以地球为家的流浪汉
我朝向幽暗的内心,它广博而无限
那里有完整的人世和一片大海
居住着过去年代里我的兄弟,那些年轻的水手

草叶和花

我习惯听着河水流动,昆虫鸣叫
坐在草地或树下翻书
随手在书里夹进一片新鲜草叶、一朵花
我不知道它们干枯之后
我的书是否已读完,那时我的脸被余晖照亮
那本书或许还将被借走,在另一棵树下
他们也会看到那些干草叶或干花
河水仍在余晖下流动
而那株草从发芽开始,经历过更多白天和夜晚
余晖也曾照亮它,照亮那朵迟开的花
最后被我夹在那些文字中间
也许再没人谛听那一颗颗尘封的文字之心
也许会幸运地被未来的你翻开
就这样,我们活着,不经意地经历着一些事
多年后或许会再忆起,或许永久遗忘
那些事,那枚干草叶,那朵干枯褪色的花

旧大陆，新大陆

在虚古镇，奢望找到一片新大陆
像安顿一个无用之物，安顿我
新大陆并不是一本新书
是一本没人再想打开的失落的古卷
植物和动物更早在这里存活，在任何一片新大陆
它们都是大地的主人，直到人类出现
占据沃土、最多的阳光、最美的风水
挖洞，造屋，堆积动物和人的骨头
分辨种子，品尝果实与野菜
保存火种、水与图腾
建立王朝，把文字写进青铜
造神，替神写下神的话语
把大陆弄脏、用旧，再跨海寻找另一片新大陆
那里天荒地老，空气里没有人的腥膻
荒原升起野性的大月亮，自然的蜜流淌
而在虚古镇，我只寻找最近的新大陆
它比旧大陆更旧，开天，辟地
只有昼夜、四季、风雨、冷却的化石
只有光影、尘土上动物踩过的蹄迹、神迹

日常的声音

我随时听到我劳动的声音
打夯，割豆秸，挖树坑，驱赶越轨的家畜
那时，其他干活的人也会听到
他们自己的声响，他们习以为常
我会不经意听到白日之光密集的角落
一声叹息，传自河对岸
但看不到叹息的人
那叹息未必源于苦难，只是一个抒情的习惯
我会不断听到镇子里发出的嘈杂声
当我从棉花秧、谷子垄直起腰
拍打掉手上的泥土或草叶
我并没有听出那些混乱声音的主题
中间夹杂狗与驴子的叫声
正午神秘，鸟兽为影子绷得太紧感到困倦
但我依然能听到
细小的梦呓发自白象和仙鹤
是非止息了，日子平缓，幸福不知不觉
当黄昏来临，下午即将收网
一整天被它兜住的声音还在扑腾
那时我靠着桑树无所思
东西邻家的女人还在反复为一件小事争吵
就这么有趣，又这么乏味
彻夜，孩子们不为什么而哭
声音渐渐敛息，天下慢慢寂静

这样一棵芦苇

一棵芦苇与千万棵芦苇一起长在河边
去年它也长在这里,其余的也是
风吹过它,吹过了它们
风还吹过水边的杨树、沙地的桑树、山坡的花椒树
那是多年以前的风牵引最新的风
吹过多年以前的芦苇、杨树、桑树、花椒树
吹过姓韩的田地、姓聂的窝棚、姓刘的碾坊、姓李的铁匠铺
吹过千年的风,吹过了一千年的芦苇
吹过了青铜器的绿锈、骨笛的裂痕、虚古寺的钟声
还在吹着唐朝雁阵、辽代砖塔、明代织机
最后不停息的风汇聚到这样一棵芦苇上
我眼看风吹低芦苇,吹来霜雪,也吹向我
我头发花白,我腰低垂

人类的伟业

我在群山合拢的虚古镇活过每一天
山水在慢慢改变
当我在山顶眺望，山那边是更高的远山
长城横亘蜿蜒
近处，黄昏峪地峡的上端
数不清的烽火台仍静观四季人烟
地上遍布诗词文章，颂祝传说里的英雄
茫茫虚空飞过隐形飞机
侦察卫星与电子信息携带人类的秘密
平屋顶、斜屋顶的庙宇坍塌成无神论者的废墟
神的家也必须要反复拆迁
从古到今，放眼望去
地球上处处都是人类傲慢的伟业
不过，这浩瀚伟业
几乎全部用来提防人类自己

根须

每年清明，生者都给亡者扫墓
就像写诗的人徒然寻找生命奥义
这习俗在虚古镇千百年
世代的坟墓已成平地
平整的土地又因最新的逝者而隆起

有时我想，虚古镇藏在群山中
仿佛已被人类丢弃
我们脚下每寸泥土都埋过古人
有名的坟墓变成无名的荒丘
无名之后，成了灰尘，如同轶诗

无人祭扫，也无人来填新土
雨水拍打着野草，风卷走沙粒
地亩有一只不停蠕动的胃
不断把掩埋的事物化为息壤
枯竭的河床，无人居住的老屋

虚古镇没有哪一片土是贫瘠的
碑石铺成人世的基石
坟丘是时间留下的省略号
铁打的人间，流水似的人群
唯尘世根须深深，世间才得以延续

无人践踏的土地

纵深的山谷里有我一片秘密疆土
我童年时代的辽阔圣地
现在重新寻找它,那里没有珠宝与矿藏
只有我遗落的童年地堡,光阴库房
一片从未有人踏上过的蛮荒之地
我呼吸它地老天荒的气息
再一次攀上高冈,眺望少年的日出
一条无名水脉流过一个人的一生
两条腿的飞禽与四只脚的动物
在落叶上窸窣踩过
花朵与蜜蜂在无人闯入的空气里酿蜜
那里有春日的宁静,盛夏的喧嚣
万物自生自灭,月圆月亏下的山河
道路留给了洪水与野火
无论怎样,在这里别指望找到人的命名
这片秘境不属于谁,只属于荒原上的事物
除了生与死、冷与暖、交配与分娩
这里没有幸福、意义以及感恩这一套词汇

自然的恐惧

大雨阻门,野外的苹果肯定纷纷掉落
雨模糊了天地的界限,一片混沌
靠着窗子,听不到人声
只有雨以及雨敲打大地的声音
雨的世界,再没有我爱的别的事物
突然,邻居家的驴子大叫起来
想象它仰起脑袋冲着雨龇出牙齿
它喷出的叫声,使我舒了口气

我也曾被大雪封门,栅栏门被雪埋住
雪仍在落,仿佛山谷要被雪填平
虚古镇的事物都在雪下屏息
承受着可能到来的未知的一切
我被困家里,看不到一个人
突然一阵打铁声传过来
似乎还能看到铁匠炉里的火光
让我确信还活在人世

就像我独自到深山砍柴,像被人世遗弃
日升中天,又饿又累
整座大山空得再没别人
一点细小的响动,都会让我慌乱
深谷寂静生出的恐惧
顺着我的皮肤滑下,一身鸡皮疙瘩

唯有一两声鸟叫从更高处传来
救救我吧,隐匿山中的神

群山

风吹不净我喜欢的尘土、枯树、昆虫尸体的气味
在尘土、枯树与昆虫尸体中间
又看到新土、树木与昆虫
在燕山,我还看到一只蚂蚁领着一万只蚂蚁在行进
当我的诗受够人世的羞辱,我最终回到这里
加入那一万只蚂蚁的队列,跟着它们悲壮行进

世间的温暖

我曾接受过不同朋友馈赠的礼物
都是些不起眼的小玩意儿
几粒昆仑玉石,一个深山黄栌叶书签
一个东海水晶沙漏,一小盒撒哈拉的红沙子
有时候,当我遇到伤心事
有人会把他随身佩戴的吉祥物送我
并说这样将带给我快乐与运气
我也送过小礼物给他们
那种虚古镇小开本古卷,燕山鱼化石
一堆浑圆的暖水河玛瑙
一枚野猪牙,一小袋山花籽
所有小东西都自带能量和念想
寄寓期待与祝福,甚至改变了某人的一生
世间这些微小的事物
总会带着温暖,留在好朋友身边
陪伴彼此,它们都曾消除过我山中的寂寞
哪怕阴天时一抹微笑
病痛中一句安慰的话语
沉闷的日子里
来自遥远山外久不消散的问候

最后的荣光

西厢房里闲置的二胡、埋在土里的坛中酒
以及耗净灯油的油灯
都在沉默,替我保管喧嚣时代最后的荣光
我出生以前的报纸还糊在老屋墙上
那些黑白照片上的人
全部变成了亡者的旧闻与缄默
而残缺模糊的文字把我关在时间之外
我与虚古寺里无人打扫的鸟粪、落叶一样
都是尘世过往的痕迹
没什么是我想再继续说出的
一棵枫杨树拖着影子走到我面前
它体内的水与我体内的血液
都有着细小的轰鸣,一滴雨从万里高空落下
无论我怎么做和做什么
我和眼前的事物都会输给以进为退的时光
哪怕我不停地给植物浇水
眼见它们瞬间挺拔,花枝抬起头
万物也总还是要告别
像洪水退去,只留下骨头和盐
留下盈满白昼与夜晚的鸟鸣
而我所做无非让世界留下最后的荣光

南山

夏天的南山隔一阵就传出沉闷的敲打声
像有人在不停地砍伐
又仿佛是两件空心铁器在相互敲击
老木头碰撞老木头
当那声音传到我耳边
就变成了一连串空洞的回声
每年夏天我都坐在打开的窗子前读书
也会从书本里抬起头
反复寻找制造声响的人
却只看到南山上茂密的松树、黄栌树、榆树
从没看到过那些人
最终我也没弄清谁在敲打什么
在那些已逝的漫长的下午
鸟总是拖着自己的回音在南山里飞

蟋蟀

井边马兰花丛中的蟋蟀锯着月光
它独自弹唱
葡萄架下的那一只也开始弹唱
山中所有的蟋蟀举着前腿一起锯起了月光
最后是墓地里最大的那一只
领着九十九只蟋蟀开始大合唱
我困了,关灯睡下
邻居们跟着睡下,外村和镇子也关了灯
地球上的人都在打鼾
最后睡下的是那个墓地守护人
只有亡魂和星星醒着,在草地与云朵间游荡
往返于墓地、河水与村庄之间
当我醒来,蟋蟀们停止弹唱
身边是一段段死去的月光
邻居们醒来提水饮马,下地干活
在所有星星睡去的一瞬
昨夜最晚睡下的守墓人,没有醒来

标本的声音

虚古镇坐落在一个断代层
这里，年代不同的昆虫、恐龙
与海水的遗体挤压着
它们无声的呐喊像日光包围我
无论群山怎样高喊
它阴影的部分都没有回音
我在这里，一生只想做一件事
那些逝去的部分总无法完成
死去的事物偶尔也会叹息
风就这样从虚无处吹来
我坐在谷底，与凹陷的事物一起下沉
大地借用我的耳朵倾听
远古的海面上，颂词与大词涌动
一个饥渴者，常常被迫谈到水
人世布满鲜活的标本
像一块块青砖，它们砌进人世
我在虚古寺的老墙里
曾多次听到它们的呼吸
一束遥远的光，时间的结晶

低语

世上无论哪一种语言,哪一个人种
当人们想念或求助于母亲
发音都大致一样,饱满,深情
而我听到过羔羊的叫声:妈妈,妈妈
它们不断地叫着,清脆,干净,像山溪奔出山谷
随着小羊的轻唤
草在春天长出来,迎接风
我又是怎样藏进高起来的草里
跟妈妈捉迷藏,一边吃着羊奶[①]
一边长大。如果感恩时刻来临
无论哪个人种,眼里都会蓄满
世上最洁净的液体,双膝跪在地上
轻轻低语,我也会从跪乳的羔羊眼里
看到爱的涌流与羞涩
一旦大悲恸笼罩,我们空茫的眼神
望向头顶,内心在喊"我的妈""我的天"
而在虚古镇,我看到过一只羊崽
与它即将被牵向祭坛的妈妈告别
它们泪眼相对,除了刀尖剜心似的召唤
不再求助身边任何一个人
而苍天与神不动声色

[①] 作者婴幼儿时,养母一直饲养一只奶羊并用它的奶汁喂养作者。

一片曾属于我家的土地

两河交汇处,有一片地曾属于我家
爸爸妈妈栽种过白菜、豆角、马铃薯
他们引水或从不远的河里担水浇灌
秋后,蔬菜储藏进地窖
人熬过严冬与饥饿的春天
偶尔也栽下烟草,它们高过我的头
离地半米,烟叶像蒲扇层层展开
干活的人钻进烟畦,灭虫,掐尖,打杈
掰下一茬茬烟叶,晾晒到烟架上
金黄的大叶子叠整齐,送到集镇去
如今地已荒芜,野草簇拥
曾经熟悉的小鸟飞起又落下
当然还将有后人翻耕,再次掀开先人的骨殖
一茬一茬的人混合成土,土地无名
依旧在天空下敞开,就像曾归属我爸的名下
当我重新踏上那片田土
隐约看到一对夫妇还在劳动
土地、山脉、河流自在
土地上的姓名像门把手,被人握住
很多时候,人不属于人世,也不属于自己
只是自然的馈赠,还将还给自然
一段活着的时光之后,土地打开门

无边的嫉妒

梯田里的红高粱总随风摇晃
那里,暖水河边,是我童年的土地
后来在远离虚古镇的地方
不止一次看到长在异乡的红高粱
我就想,别处怎么可能也有这种庄稼
它们只应该是我们那边的
只喂养我们这些苦命的人
小麦和玉米也是这样,那些金黄与碧绿的光
都留在我的六月和九月
我的父母和乡亲在它们中间穿越
虚古镇的苹果树会在四月开出淡淡的白花
就不该又在别处的果园生长
那些隐身在山中的药草,每当我在外省遇到
除了短暂的亲切,就是无边的嫉妒
纳闷这怎么可能呢,这些亲爱的草木
只应长在我们虚古镇的群山
陪着我历经一年又一年
可它们却偏长在我偶尔抵达的南方、北方
并像在我的山中一样摇动

寒露那天的凉风

推开门,秋天第一场凉风差点儿把他吹个跟头
低云浮动,带着刺骨的消息,闪电在其中睡眠
对一个深居简出的人来说这是一个暗喻
他退回房间,翻出去年的厚衣服,但还是冷
接着他又退回自己,再一次感受到生命的寒意

干草垛

与铺满旷野、窸窣晃动在风中的青草相比
我更喜欢秋天,那些垛在村边与河岸的干草
它们的气息储藏每一个逝去的小时辰

与跑在大地上、悬浮在空气里喊叫的人相比
我更喜欢被安静地码进书本的人
幽暗处,他们无声地注视每个混沌的闯入者

土地庙

众多的寺庙中，最多的是土地庙
村口，山半腰，树林，路旁
或成片土地的田埂，都会有座不起眼的小土地庙
里边供着土地爷爷、土地奶奶
中国本土的神祇，也是众神那最小的一位
如果哪位大神经过任意一方水土
都有权利喊出土地爷问询
他与农耕之神、风神、虫神一起负责地头地脑
以及粮食的收成，众生的年景
有些富人的地里会单独建么一座
而穷人都会集中在村头供奉同一个土地佬
无论村里人走到哪里
这个土得掉渣的神仙就会跟到哪里
他从不挑肥拣瘦，别看人们供奉的神仙多得数不清
只有土地爷离老百姓最近，也最亲
大地的任一角落都能成为他老人家的道场

歌手

从小我听她唱歌,那时候听她像听母亲
(我不识字的母亲只会唱无字歌
她唱的也无字,蒙古长调乘着风)
当我半醒半睡,我听她,天空流泻,大地涌动
在夜里,我听,黑亮的河水追赶白天的河水
听雨天活在酒瓮里的乡下老酒波涛起伏
像听浮沉的虚古镇人带着泪水的歌
在旷野和深谷的花簇里,我从没见过她
她只在幕布后边,像幻影在地平线的后边
她用雨点、用季候、用树叶和大雁飞行的轨迹
催促人们回家,用路边苍老的叹息
催促衰草带着哀歌与牧歌回到霜雪的院落
用封冻的河面温暖鱼,让鸟敲打疾风
但我从没看到过她的脸
她将继续唱着贫穷、野性、高贵又开阔的歌
犹如窄窄的日子穿过粗糙的月份
像一条小河流过我们的小镇我们的命
一条大河淌过流浪者远去的灯火中的故园

夏至日的下午

夏至的下午，我和树木都看着自己的影子
它们又矮了许多
与身齐平的时间被风一层层卸掉
如果风继续刮，我将继续矮下去
而树木却继续生长，直到死亡的高度
树上隐形的钟表也越走越慢
秒针、分针、时针搅碎的时光粉末
塞满了钟表的玻璃房
直到它们像沙子把钟表堵死
从此天开始变短，夜开始变长
在这逐渐变短的下午，我在我的林子里
等一个从书里走出来的木匠
一个好木匠只需一个下午就够了
一个好木匠带来几个笨徒弟
木匠经过的树木被他挑选，做出标记
徒弟们扬起板斧开始砍伐
这个世界只有木匠和他的徒弟
他们看不到矮下去的我坐在新树墩上
这是一个木匠的下午
也是一群砍伐者的下午
木匠与徒弟将再次返回那本木浆纸的书中
森林再次回到寂静
崭新的钟表在年轮里走，风在树梢吹

祭奠

当一个幽灵走在白昼的废墟
他曾经的同类如荒凉的祭坛,在夜晚睡去

天上的人看到大地今天的模样
他们会替古人祭奠今人

地下的人听说地上的人标榜德行
他们庆幸早早就离开了人群

天地之间,钟声祭奠着哑默与空旷
日子接着日子说着再见

无处不是战争遗址,风祭奠老者的青春
阴影中的蚁族祭奠着浩大的光线

跃起的山峰祭奠遍地的碑林
圆形的世纪祭奠线性的时辰

一辆木头马车祭奠穿越墓地的高铁
俯视水中变形的脸,人祭奠自己的幽魂

荒芜的家园祭奠远去的异乡客
死去的父亲祭奠尘世的孤儿

变小的地球祭奠着蓬勃的事物
张开又合上的词典祭奠全人类

空

佛说缘起性空,山谷与天穹,玻璃上的一点泥
水中月,林间风,流出钢琴的乐曲,虚古寺钟声
鸟巢是空中的空,鸟是飞行的空
你是我的空,灰烬是火的空
往事即便在回忆中重来,也是时间的空

佛说缘起性空,是否暗示,佛也是空
每日礼佛,任由我们做愿意的事,做必做的事
就像我们吃饭、穿衣、睡觉
就像每日给花浇水,做工养命,结婚繁衍
最终我们把空坐实,然后再次、再次坐实朝空

灰烬的意义

恨一个人时，人们常说
即使他烧成灰，仍会被从灰里认出来
其实爱一个人时也可以这样说
即使烧成灰，仍能把他从灰里认出来
人的一生早晚都要化成灰
只是更多的人成了真正的灰烬
既没被爱过，也没被恨过
如同轻风吹过，白来一趟人世
而时间的痕迹、历史的痕迹
只能从深爱或大恨之人的灰烬中被人认出

就像麦种与稻种

就像麦种与稻种,一千年,古老的植物
麦子依然是麦子,稻子依然是稻子
它们忽略了时间与人,兀自在露水里新生
从每一棵麦子、每一株稻子上
我看到远古的风吹弯它们
看到同一颗落日照在那时的田野上
金色光芒照亮动物、植物
也在冷兵器时代的水面上闪烁
如同战火燃烧在自然、人群与城邦之间
我不再刻意探究沉淀的事物
只要太阳还将成为每天的朝阳与落日
以往的细节就注定还会再现
当它们再次出现,我会提醒自己
看吧,这复活的时刻,开始又一次复制
像一千年前,麦子与稻子在田野摇晃
没有什么是更旧的,也没有什么是全新的

生殖之门

每个五月的清晨,都会隆起一道蓝色的门
门里出来的都将是新生儿
新一年的太阳、雨水、花朵凋落后的小青果
以及旧我之中的又一个我
我看到那只白猫在变成流浪猫离开我多年之后
像轻盈的灵魂
又回到我破旧的身体里
而推门而入的则是亡者,像神秘的鸟群飞进巢穴
比如,去年就动身而来的大风,昨天刚熄灭的火种
它们消失在浓荫的后边,由一盏长明灯导引
那里,海水含住了黑暗与咸
一把火解救出困在时间与木头里的灰烬
月亮高悬,莲花明净
山坡上,白塔毗邻白塔
一个白象成群、广袤又寂然的国度

动物，植物

我一直在寻找一种动物、一种植物
它们能通晓所有动物的语言
所有植物的语言
当然它们也通晓我带有燕山方言的土语
那样，如果我有对动物们说的话
有对植物们说的话
我就会让它们把我的意思传过去
它们也可以把想说的话告诉我
祥和的尘世才值得我隐忍活下去
在虚古寺某个暮春早晨、某个秋天黄昏
我找到了这样的动物、植物
当我用疼怜的目光注视一切
那晨光里的流苏树瞬间开满花
一只燕山驴子绕过落日，迈进寺庙的院落
乖巧地伏下身子
而我，一个赤子，坐在群山之中
我的耳边响起诸物的交谈

旧事

蓖麻、苘麻和黍子都是古老的植物
它们的种子沉睡，胚芽已死

使徒、侠客、义士都是苍老的人
他们活在墨汁里，前生让给了茫茫之气

托孤、高山流水、露天下写信
行这些事的兄弟只剩背影，我还指望谁

星星低垂，火镰取火，泥炉煨酒
现在呢，就像思念父母却再也不能团聚

水下村庄、河套故道、锈迹斑斑的战场
这些灵魂的家园，每到晚上马蹄嗒嗒

就像月亮感到寒冷，卷起光线抱紧自己
我非圣人无光可发，只用手臂抱住我的肉体

唯一

那堪称伟大的只能是唯一的一个
当他睁开眼睛,擦拭镜子,促使世界回到镜中
他创造也感知万物,但他不是万物的总和
他是水,是光,但也只是水的一掬,光的一缕
他洞察通途,但他又不得不走入迷宫
他接引了生,又容许了死
在生死之间,他照管阳光移动的群山
蚂蚁走蚂蚁的路,喜鹊飞喜鹊的天空
他距离蚂蚁与喜鹊都不远
就站在明亮的田野,那里一簇簇野花静立
但他不是造物主,他是万物众生

一种美被另一种美悄悄毁灭

那些遥远的不知电为何物的乡村岁月
一定会使人联想到漫长的中世纪
我曾亲历无电的黑暗,感受寂静落地生根
心里的星空与头顶的星空相互照亮
像被一场秋天的雨洗净,贫穷在闪光
一匹黑马踩灭了野火穿过长夜
带走日渐珍贵的荒蛮与野性
我曾站在那棵草屋一样树冠开阔的杜梨树下
远远看着城堡似的虚古镇
现在,当大地灯火通明,人的喧嚣彻夜不停
没有人还在细数高处与低处的星辰
他们目睹、陶醉人间的华美,贫穷也在闪光
一种美已被另一种美悄悄毁灭
盛世的光影正在引领精致的人类前行
在杜梨死去的空白处,秋风吹我,也吹光滑的人世
我独自为孤单的虚古镇哭泣
像另一场秋天的大雨冲洗我内心

鸽子和我

坐在悬崖草丛，像棵矮松树
我俯视，深渊处，田野正成熟
一只鸽子飞来，离我不远
立在另一块巨岩上
它也在茫然远眺
嘴里咕咕叫，像在召唤
稍后它转身，尾巴凌空悬着，拉屎
嘴里还在咕咕叫
鸽子的粪便掉下崖去，崖高十丈
它又转过头来，独舞
大部分时间望着远方
身下是荒林，山下是村庄，庄里是人
我们望着身下、山下和村落
它看它的，我看我的
在秋日，自顾自地，静待在相邻的石头上
却分属人类与鸟类
我们隔着云山烟水，风带来诸多秘密

考古

活着的人借助土里的牙齿
化石中的骨头、遗址上的碎瓷
来复活亡者
以及他们折叠起来
藏匿的道路
古人也在暗中考量后人
他们用碑上的话语
风的尺度以及遥远的刑具
这是一树的果实
所对应的那一树凋谢的花朵
也是地下的古人
投射到地面的影子
他们归于最终的寂静
并在时空的两端展开对话

种地球

今夜有人向地球使劲钉,钉钉子
我感到地球"哎呀"了一声

这是伟人的埋葬之夜
他像一枚旧钉子揳进地球

这也是新人的新婚之夜
苦难的地球在蜜里受孕

十个月后,地球将再次开花
它会分娩出一个小国家

那里花团锦簇,钉子拱卫着钉子
那里主权刚刚宣誓,年幼的国家像清晨

井

废弃的老村庄都会留下一两眼古井

当它送走最后一个原住民,便撒出一群鸟占据领空

我藏起来,顺着老井与夜光往下爬

世上所有井都像血管在大地深处相通

那里,我遇到众多过去时代的人,我们平静聚会

他们曾是我不同年代的邻居

以及我一生景仰的人

我们同处幽暗,劳心者失却光芒,劳力者不再奔忙

所有人没什么两样,那些圣贤、脚夫和使徒

但我好像回不到地面了

再不能把这个秘密告诉那些地上的生者

当金色黄昏升起

每个人都注定被另外的人所谈论,回忆的片段
那是我们的熟人,或曾经的熟人
就像晴天有人说起阳光,而另一些人会谈论雨
众口不一:他们分别在不同时刻
走进我们自以为漫长的生命
当我们像过冬的岩石坐在大陆腹地,经受风吹
大海一刻也未曾停歇,花朵继续包围着我们
而那些关于我们的话语会在尘土里静下来
我们的熟人已开始谢世,他们带走了时间的絮叨
新的一代有如长大的树木排列在地平线上
被我们看到,也被我们听到
属于他们的话题:日月照临新世界
这正是我们要么好好活着,如同濒危的植物
要么带着一生的爱恋
赶在天黑前离家出走的理由,当金色黄昏升起

那些鸟群消失在什么地方

寒露前夕，鸟儿荡开翅膀，擦净天空的浮尘
那些系披风的儿童在旷野起落
同时唱起自己的歌
河流泛出微凉的光，追踪鸟群擦出的风声
收割谷物的人正趁余晖，簸出土里的籽实
而寒露一过，我不经意地仰望长天
顿觉荒凉
昨天成群结队的鸟儿，突然无影无踪
一夜之间，鸟群消失在什么地方
只有疲惫的人类仍在霜冻里忙碌
当我转向我的四周

人世是一件常穿常新的衣服

活在人群里，得到来自人群与世界的温暖
几十年下来，却感觉越来越冷
是人在变，世界在变，我也在变
人世像一件穿旧了的衣服，抵不住风寒
从前家在，父母在，故人在
世界的廊柱坚固稳当，人心安静
后来慢慢像一条条丧家犬
人们都在人兽之间流浪
结识的新朋友也是一条条野狗，远离窝巢
我们就成了群狗，有如异姓弟兄
现在我们这一群也开始谢世，一个、两个……
打了补丁的尘世，破绽百出
在陈旧的大地上，被新的事物驱赶，遗弃
地上的道路越修越宽，人心的道路越来越窄
我只能龟缩进记忆取暖，那里恒温
在虚古镇，我所怀恋的人都已化作空气
世事成为往事，曾经熟悉的荒野变得陌生
我在群山呼喊，期待与已逝之物重逢
我所见诸物皆为他们的幻象
太阳照见我的路，山影移动新旧时辰
地土收容一切，厚重有如棉被
猛然觉得，变幻的人世常穿常新
生生不息的大地，将带给我永恒如家的温暖

诗虚构了从前的白天与夜晚

被冷铁与农事喂养，又被电子信息包围
燕山像死去的海浪
古人刻到悬崖上的句子都湮进石头
写在木头上的曲牌逆行沉淀进植物种子
飘进风里的古歌被鸟传颂
诗从来都虚构着从前的白天与夜晚
现在，所有人都不再觉得自己是虚构的人
他们既向往永恒又沉迷烟火
除了那个外来的诗人
只有他还坐在草上写诗，趴在灯下读诗
一种不被授命的使命，听从内心
他的眼里凡事都在伤害人世
只有诗才虚构出温暖，这最后一座小屋
盛放避难的眼泪
而无边的世界只盛放风的形体
当他经历了完整的人世又遇到诗
这就是上天的眷顾
诗是骨头烧到最后的形状，火苗的形状
唱挽歌的人融进黑夜，唱颂歌的人烧成火炬
而沉默者陷进时间的褶皱成为谜
在这亲爱的万物呼吸的大地上

卷三
人们的活法

一辆马车趴在野外的雪泥里,拉车的马儿老了。
赶车人举起长鞭,只吆喝,不抽打,他的声音传进村庄。
在我听来,就像当年,我爸爸那样。

——《雪泥中的马车》(2010)

我们这边人们的活法

天黑得发亮时就被称作漆黑
漆黑的夜晚,山里尚未通电,星星显得特别大
当我们走在星光下依次告别
没有一个人说晚安
只是互相提醒,天不早了,去睡吧
那时,我看到悬在天幕上的翅膀显得疲倦
它们会依次下降,下降,把自己的披风
摊开在葡萄架、河面或草地上
在白天我们也不会说早安与午安
我们会互致问候:吃过了吗
然后结伴奔向田野,后边跟着
我们的女人、牛马以及幼小的孩子

每首诗都收藏一个已逝的日子

每写下一首诗就收藏了一个已逝的日子
每本诗集都是一个时间的驿站,一座虚无的库房
保管着曾经熟悉和经历过的人与事
就像小时候,我和伙伴埋下死去的鸟或草籽
鸟不再飞翔,草芽死于霜冻
像把偷来的核桃、栗子、花生藏进秋天的山中
山谷里,每个孩子都有一个秘密的小仓库
现在,我用文字埋葬、珍藏那些温柔的时日
欢乐与苦难,愧疚与不安,只有我记得
对逝去的人,我无法再唤回他们
从小爬过的山也再没有力气重新登顶
往日在田地播种、收割的人隐身于一场大雪
山中与河畔的草木、家畜、鸟雀即使复活
也不再带给我从前的欢乐
而我的好友们,这些季候里的庄稼
要么被一双手折断,要么被另一双手收割
所剩不多的人已习惯在贫穷里挣扎
我无力帮助他们,就像没人能拯救我
我只会写下一首首诗,让它们在地上隆起
我用过的文字,散发泥土的呼吸
我写下的句子像九月无边的高粱,随风摆动
土地深处的心跳永不止息
时光的背影里,往事漫过虚古镇
一条暖水河依旧在民谣里流淌

当我打开旧居的门

打开空置多年的旧居,像打开一个生僻的词语
呼吸它弥漫而出的气息
听到出生地长久的回音,那是源头
逝去的事物一了百了,活着像幻觉
什么才是真实?鸟群起落的夏天
还是一只小手拉住一只大手
那时鸽子结伴飞往落日,天地喧闹而忧愁
这是名词诞生的时刻
我只为这真实的幻觉活着,无词可以居住
并允许雨漏进来,打湿陈迹
直到最初的事物重新显现
使无边的人世更像一所巨大的老房子,它空着
充盈回忆的气息
最新的事物即是最深的怀旧
地上的人都是幻觉,鸟群起落在夏天
遥远的黄昏埋进黯淡的光簇
一个孩子跟随父母走向他们矮矮的房屋
那是整个星座唯一的家、一个名词
随后门窗关闭
现在,当我拉开身体上每扇陈旧的小门
风会再一次从毁损的道路上经过
以证明此刻的空缺曾有过的词语和名字

远行的人

不是那些翻过山顶又看到大河的人
不是唱着哀伤的歌,在黄昏走过悲惨又陌生的集镇
那些无家可归的人
不是到了海边品尝海水,又坐船行在海上
直直地穿过咸国界的人
也不是坐着玄铁飞上天的人,他们从云缝往下俯视
瞧,低处就是我们的燕山,我们的家
我所说的那些远行的人离我们最近
他们正仰躺在我们的高山、平地与河畔
躺在树下仰望树梢,被草根包裹并开出野花
在土里,他们再也不像从前,反复催促我们
拿给我们盘缠,递给我们风衣,要我们去远行

回忆

有这样一个日子我会铭记,越老越清晰
田园刚刚收获,眼前一片狼藉
少年着旧衣,看露天电影前先看批斗大会
厢房套间没有小窗,最老的人扶乩
镇外河堤押过一队犯人,其中几位将被处决
跟在父母和我家奶羊身后
搂树叶,捡冻牛粪,溜冰,疏远女生
偶有一穗高粱丢在地上
鸦雀围了一圈,伸出小脑袋啄食
我们的羊也会过去叼上一口
霜降过后,马车放空,白棉花摘净
但红色的空棉桃还挂在红棉秸上
一团火从地下向上燃烧,吃忆苦饭,天上布满星
冬储红薯、土豆的旱井轻轻漫上土
秋风追赶兔子、鹌鹑,在潮湿的晨光草地
暮晚,乡亲、鸟和骡马,都有着悬空的灵魂
因为贫穷与贫瘠,凭票证各取所需
稍后北风推窗,人类加衣,兽类蓄绒
秋天合拢整个1960、1970年代
田地里人烟稀少,云朵稠密
年幼不知愁,周围是亲爱的人群
远方随着日子逼近,心灵被渴望煎熬
1980、1990年代开始加速
晚秋笼罩我的世纪,狼烟,狼狈,狼藉

新世界崇尚陌生化,事物多汁光鲜
流水和皮肉却打满补丁,旧连着回忆

小镇博物馆

那个拐腿的人熄灭全部灯盏之后
博物馆重回黑暗时代
那些孕育过遥远年代、如今早已闭经的古物
像离群索居的寡妇，死心塌地蹲伏着
却暗藏一颗母老虎的雄心
每当黑暗重来，它们就显出羞涩与激动
透过小小的水晶罩子，用古方言私语
像野蜂的嗡嗡声，甜蜜的小夜曲
那些静物更适应黑，以便让自身的光显现
那是它们各自年代的回声
只有拐腿的管理员才会看到，熄灯之后
博物馆里低悬着静物的蓝光
而博物馆外，人们习惯赞美新物质
早早睡进夜晚的天鹅绒
梦见芳香的树下母老虎也在打盹
一旦早晨到来，拐腿人准时打开博物馆
门里的寂静使他停下脚步发呆
他看到博物馆大厅散乱着光的遗骸
他迟疑着，仿佛开门之后
静物会愤怒地冲破今天逃回古代
——光辉绚烂的大地

占卜师

活在可见的世界,她说:这并不可信
照亮生命的不是光,是光的影子
当她扶乩,在细沙上写下谶语
她的生命幻化成一眼古井
那里,夜晚即白昼,百年即一瞬
世事如细沙随之安静,在时间里各归其位
人、树木、飞鱼没了筋骨
风也不再站着奔跑
风只在山谷与河湾里吹拂着墓地
事物留在自身的寂静里
她通灵的能力也正在退化
转而收集流苏的落叶,洗净,风干
再与薄荷混合放进陶罐
当有人光临草庐,她用流苏茶招待
这致幻的茶汁,使她轻松收集人们的前世
潜入别人的梦境探险
夜深,她会让空气还原成水
而化石里的鱼苏醒,穿梭于古老的月光
她倾听鱼讲述石头台阶上的风
讲述血滑过冷兵器和所有寂灭的名字
仿佛听一枚果实从一千年前的高空掉落
一只远古的鸟在虚古镇之夜鸣叫

心灵之约

母亲走了几年后,父亲离开
当他们走了多年,我重回这里
看到太多他们亲手培植或抚摸过的事物
山半腰起伏的松柏,芳香的果园
院门口,两棵高过尘土的国槐在白昼闪光
梯田坝上,缺失温度的石块继续躺着
我坐于其上,父亲也曾坐过
细窄的山路穿过草丛,一直从河边爬向山顶
我与它们都曾有过故事
那不过是重复父母的往事
如今,当双亲化为空气,旷世孤单来临
这些事物也变得陌生
但仅仅一瞬,我就感到
它们沉睡,依旧怀有一颗生动的心灵
在亘古阔达的时空,在阻止不住的风里
亲兄弟一样,我与它们都需要相认
晴空中转世的鸽子,雨中呼喊的家族
以及上升的灵魂,下沉的肉体
就像但丁在天堂被天使贝雅特丽齐引领
——他暗恋一生的初恋情人
在地狱与炼狱,他也终将认出维吉尔
——"亲爱的父亲",那个为他领路的伟大诗人

熟悉的古人

我醒来,隔着雨幕,看到一个几百年前的熟人
他走在没有雨也没有落花的林中
手提农具,消失进鸟雀归巢的黄昏
我记得他做过的事
几百年了,我依旧铭记与感激
他一辈子栽种树木,那唯一一棵流苏树
一直活到了如今
我吃过他种出的粮食,仿佛出自父亲之手
熬过他挖的药材,好像他是镇上唯一的郎中
到了冬天,隔着惊天垂落的大雪
另一边或许是晚唐的春天
有人驱赶母羊回到草场,它们身后跑着一群羔羊
再后边走着一大一小开悟公案的出家人
有人在山梁转向山谷的风里谈论风
有人在河畔低吟,或许他又一次落榜
或许他会看到多年后疲惫的我们
在虚古镇,一旦天象有异,他们就出现
如果我走近他们,我会搭把手
栽树,种菜,收割,坐下来彼此安慰
重新感受宣纸缓慢拂动的日子
而古老的雨、雪、星、月
就隐匿在群山,按照顺序,依次显现

我个子矮小的邻居

我个子矮小的邻居从地里背回蔬菜与粮食
回到他们的屋顶下
牛羊被他们的孩子赶回畜棚
遍地精灵随地穴吹出的风走进幽冥
果园里只剩下一对老夫妻
他们穿破旧的衣裳,照顾对方又照料苹果树
粗糙的脸庞像我远去的父母
他们日常的爱微不足道,原始,土气
细小的欢乐里,有底层人的泪
鸟群飞过去,会更早地落向院子
那时,我在院子里梳理虚古史
当我从烟岚缭绕的族谱上抬起头,鸟群正落下
天上与族谱中都只有稀少的姓名像大星
高过同类的树木依旧在漂满名字的长河边摇动
我爱小树林发出小河流水的声音
卑微的事物中,我愿随时提醒自身的卑微
而史诗里的主人,伟业像雷声滚过尘世
这些征战异邦、灭绝种族、劫掠美女的人
计谋与心术全写进教科书
那些与他们活在同一尘世的兽类以及众生
跪拜着赞美,又在阴影里忍受
种粮种菜,低声说话,相依为命

大地测量员

他带来知识、钟表、手机和罗盘
天空过于玄幻,大地掌管知识的素材
大地性则是哲学、几何和诗的胎盘
这里拥挤着祠堂、古塔、矿脉、废城堡
拥挤着老子、释迦牟尼和苏格拉底的话语
他想留下度过余生,把知识用光
重新成为大地的素材,像虚古镇土著
但又必须离开,他无法忍受群山的围拢
午后的太阳过早滑成落日
也无法忍受暖水河的硫黄味、通灵者的霉味
他领人抬着石头与钢铁,走向高冈
搭建帐篷和瞭望塔
他扶犁深耕土地,并把经纬度焊进地球仪
一个拜物时代精神洁癖症患者
所有自然之物都将是他活着的源泉
他凝视着事物转身向后
回到它们自己的巢穴,在时光里长眠
而新器物一天天多起来
他走遍山川,测量,敲打,给虚古镇标出记号
死亡、新生都在加速
那些破土而出的旧事物
等待他分门别类,纳入谱系
这个外来的开拓者戴着眼镜,手拿十字镐
说着一口地方腔

诗人灰椋鸟

这个挣脱了喧嚣、档案、街灯与面包的人
定居在山里,他坐在低处和日常
努力发现新山水的闪光
而旧山水里的诗人,却在神灵引导下
俯视尘世,群峰之上,天大地大
游历人间与灵界,抵达永恒
他却敞开,接受万物之死,同时也接纳新生
他只负责记录活着的这一段时光
没能力把死去的事物唤醒
让活过来的人讲述曾经的往事
在虚古镇,灰椋鸟关注每个人的出没与命运
以及植物抽出叶子、开花的声音
当鸟越过环绕的山脉到来
他会在夜里打开简陋的院门
踩着露水或霜迹,仰望它们与流星
落向哪一片丛林:他知道野狐在哪个山谷炼丹
然后把丹药藏进黯淡下去的星群
他能听到干草垛旁每架废弃的木轮车
在雨天发出赶路声,而呼啸到来的阳光颗粒
是一粒粒种子。他没有故乡
最小孩童的眼里就是他的故乡
在那里,他能看到孩子所看到的一切:生者与亡灵

落日诗

有人每天坐在燕山顶峰看日落
没人知道他的名字,家居何处
我不认识他,但总听到他的传说
他只看各种各样的夕阳
沉入群山和暮霭
他看了几十年落日
写从不公开的落日诗篇
他也不在人群里走动
只活在传说中
不写朝阳、飞机和星辰
只写滚过头顶的暮色
每一天都会让尘世最后那缕光
照亮他泪湿的脸庞
等待燕山被夜晚收走

乡间路

父母在,隔段时间,我就要回一趟虚古镇
无疑,作为地标,这里是地球的中心
下了长途车,向西穿过一段窄窄的乡间路
两旁是庄稼,高的玉米,矮的芝麻大豆
奇怪,每回第一个碰到的都是同一人
起初遇到他,还是个壮劳力,偏西的太阳下
他威猛,骨架粗大,皮肤粗糙,穿着随意
当我走在小路上,他会突然钻出青纱帐
有时挎着柳条筐,有时牵着一匹马
而在冬天,雪落原野,第一个碰到的也是他
冰河与秃山之间,他赶着几只羊,脚下是麦田
青麦苗钻出冻土和雪层,羊低头啃着
而他卷上一支烟,看着远处落光叶子的树林
树林后边,河对岸,就是我们的村庄
就这样,每次返乡,看到的第一人准是他
慢慢地,他成了邋遢的驼背,不再年轻
我需大声说话,他的耳朵也不再灵敏
风在我们之间穿梭,带走我们身上的灰尘
如同穿梭在两个正在流逝的日子之间
他看着我长大,我看着他矮下去
直到我父母离开人世,地球的中心又有了新地标
而那条乡间路也将在未来的某一天
被荒草覆盖,此地人烟稀少
没人记得从前小路上,走过我父母、他以及我

途中小镇

山脉从西北围拢来,怀抱小镇
长途客车抵达这里再无路可走,卸下我就要转身
向北爬过山,再过一条河,才能到我的村庄
十三岁在小镇初中住校,每周蹚开青草往返一次
后来到平原的中学,月末才踏上归程
山地谷物金黄,豆荚爆裂,秋风吹送芳香
很快,远处一座城,那里一所大学
半年北归一趟山中故乡,小镇仍是必经之地
翻过山去,翻过山来,之后,定居省城
回乡少了,念想多了,就这样一晃几十载
少年、青年、中年,总要翻越这座山
山上果树茂密,树木间长满百谷,兔子追赶野蜂
春风、夏雨、秋天的大雁飞跃群山
苹果花像雪,黄栌树像火
我凝视,鹰借助风的丝绸一动不动悬在晴空
远处,一座更高的山上住着雷达兵
从来如此,经过小镇出口,总聚着一群人
当我还是少年,那些脸庞就在那里,聊天或争吵
我几乎能认出他们,他们却不认识我
现在我慢慢老去,早年的脸庞全都落上尘土
依旧聚在老地方,一茬茬,好像只为等我经过
那里,山脉拔地升起,白昼陡然升高
我爬山下山,尘土并没使山向上,有时我也走夜路
星光下,幽暗洪荒里弥漫万物的声息

重读

想读年轻时那本枕边的哲学书
它论述了生命存在的无中生有，有化为无
介于叔本华、尼采与海德格尔的夹缝
这天黄昏，我去厢房擦拭秋后闲挂的农具
不经意地，在落满尘土的旧书堆里
找到了它：陈旧的书页上
年轻时画下的句子像静止的波浪
弥漫出早年青草地的馨香
当我慢慢变老，再次打开
画线的文字已平淡无奇
空白处写下的稚嫩批语像枯干的云朵
而被我漏画的句子里
却找到了从未阅读的感觉
它们像沉没的岛屿浮出水面
散发干草垛才有的缅怀的气味
某个深夜，当我重读结束
几乎整本书全被我画出了线，新线连着旧线
只是早年的线条已模糊，新线条墨迹未干
它们连起来就像一条折叠的路
这是一本关于生命存在的书
一本肯定要破损、受潮或散轶的书
看着连起来的新旧线条，像极了我的一生

十月最后那天的正午

十月最后那天的正午，我亲见
躺在床上的老人蒙头哭泣
不是哭他的熟人越来越少，是哭几十年来的糟心事
他的委屈与不甘，力气正在消散
战事，贫穷，土地歉收，鸟屎常砸到他头顶
亲人去世，祖坟拥挤得再没空地
无力抚平来自命运的不公
不间断的绝望拥塞他每个日子
最后他再也撑不住，用被子蒙住了头
像被整个世界遗弃的苍老的孩子
我想到另一个壮汉，他常常面向落日
走上旷野、晚星下的山冈
走进夜晚，无边的寂静带来神秘
在无人的天空下，他的呜咽回应着风声
没人知道什么引发他如此悲伤
是在心底呼唤着离世的父母，还是轻唤拯救
历经苦难，我们一同得到过年少的欢乐
那是遥远的从前，现在，我们老去
不知多少人还在坚持，多少人早已结束
我失去了又一个十月的最后一天
这艰难时期，冬天即来，夜长昼短
在阳光淡漠的虚古镇，我听到了两种回声

另一种赞美

不能确认，出生后，第一眼所见会是什么
农历十一月，如果下雪，也看不到雪花
再破旧的农家，也要遮挡住雪片和大风
只允许小风顺着墙缝溜进屋子
第一眼所见也不是马槽，唉，这样一想就是亵渎
我想看到的该是受难的妈妈
也不敢确认降生后，首先闻到的是什么
但一定不是奶汁的香味
贫穷刮削着虚古镇，二十世纪第二个甲辰
遍地乳房，奶水断流
我闻到的该是妈妈干瘪的奶头
像旧书里夹着的一朵干蔷薇花的气息
不敢确信爸爸欣喜地用粗糙的手指肚拨弄我的脸
那一刻，他一定发愁怎样才能养活我
我前头已有三个哥哥，一个姐姐
他们穿着寒碜，骨瘦如柴，在寒冷的堂屋排着队
听新弟弟在妈妈的床上哭闹
如果是白天，我会裹着破棉被
躺在大雪映照的光里，如果在晚上
微弱的煤油灯在不远处跳动
这样就能解释，我的诗为什么反复捕捉光线
从此世上多了个喜欢蔷薇花的孩子
他天生就赞美那些大乳房的哺乳女子
如同赞美他匍匐其上的大地

天底下

我认识的一些人投身宗教
在神像、经卷与冥想里研究爱
为盲人找寻光源,像个大三年级的男生
一些人投身哲学,研究鸡与蛋
天地之道与人的来处和归宿
一边仰望星空,一边分辨大地上的人与兽
竖起内心的廊柱以支撑天庭
像老年公寓闭门不出的独居客
一些人投身艺术,在幻觉里创造白日梦
用冷色调冷冻画布上的江河、群山、王朝
让天籁从地穴、岩洞飘来
缠住竖琴,犹如火焰的和弦
在广阔的自然,还有一些人更看重行动
如同赤膊的刽子手正活在他们的壮年
而人群里的每个人都怀着皇帝梦
研究酷刑并写进个人法典
所有人都是天生的发报机
向着云朵发送密码电报
向大地的奴隶传达施虐者的指令
在物质与野心之间
在自我标榜、旧制度与道德超市之间
成为胆怯的精神分裂症患者
作为众生的一员,我艰难地收敛着野心
投身诗歌、虚荣、敏感

只专注时间流变中自己的体温
但我并不是一个诗人

老灵魂

常回想那些不紧不慢消磨掉整个上午
又消磨掉整个下午的人们
他们在太阳下翻晒干草,用大而笨的榆木叉子
也在树荫里挑种子,从一个簸箕挑到另一个
直到太阳慢吞吞落下去,大地被自身的影子所覆盖
他们在烟草地里掐尖打蔓,给棉花施肥
在河边,叼着去年种植的烟草,守着羊群
他们喊孩子去山丘上的乡村小学学算数
又到低处取水,浇灌地里的幼苗,给牛马饮用
有时去邻村喝顿喜酒,满嘴酒气
晚上又满脸幸福地到邻居家串门
他们总是有大把空闲的时间等着挥霍
喜欢伸着懒腰说话,打着哈欠看灯花蹦跳
除了贫穷和狭窄的日子,他们也拥有别的
比如有些事,在他们眼里,比天还大
但现在想想,不过是些乡村里的鸡毛蒜皮
这就是老时光里,一群天生的老灵魂
仿佛纸人儿,轻飘飘走完一生的路
而我从慢时光里漏出来,像一粒逃亡的沙子
到了新世界,到处都是加速的工具
除了怀念,无力重返,我什么都丢了
这样说吧,我甚至尚未找到一粒沙最终的归宿

我认识的一个虚古镇人

我认识的一个虚古镇人很快也会被全世界认识
一个天生的哑巴,却能看到人们的话语
他日夜研究空气复原,一门冷学问
努力还原人们说过的话
凭借声音留下的形状、波动的频率
声浪抵达的边界和折返的速度
当他找准时空基点,比如墓地、寺庙、河畔
定位,稳住风,输入姓名
无论哪个朝代,谁说过的话,语气和语速
愤怒,快乐与悲伤
都可以被他复原,像语言学教授用古人的嗓子唱诵古诗
话语重被保留在空中
就像鸟飞在空气里,鸟的轨迹保留在虚无里
约等于他复原声音的历史
以留下人们活过的痕迹
甚至作为证据可为虚拟法庭或教研组采纳
世界将从此安静,失传的哑语将被普及
成群的失语症患者梦游在虚古镇群山
人们只在梦里出声
梦几乎是虚古镇人最后的着陆地
而死者没有秘密

我看到一头黑牛走在晴空下

我看到一头黑牛走在晴空下
它驮着自己的肉身走在草地、乡间路上
就像多年前，它走在我的村庄那样
它理所当然会走在我的村庄，这也是它的村庄
也许我只看到一头黑牛的牛背
摇晃在晴空下，它有两只短短的牛角
使劲分开春天的空气，走在多年前
村庄狭窄的街道和开阔的田野，像个守土的武士
或者我看到的只是一头牛的四条粗壮的大腿
四只时而悬空，时而踩进土里钉着蹄铁的牛脚
这使我想到十三岁那年的麦假
我牵着一头黑牛，它拉着一架耕犁
父亲躬身扶犁，母亲在犁铧掀开的垄沟撒下种子
就在它回身深耕下一垄的瞬间
它带铁的蹄子把我的脚深深压进了软土
抑或我并没有看到一头牛，我只是看到一群牛虻
在河边嗡嗡飞着，它们在空气里留出空白
那恰是一头移动的牛的轮廓
我看到，正是这只空无的牛，牛虻围着它
缓慢走在北方的晴空下
像古老的农耕之神从已逝的时间里还魂

目盲者说

身在真理与谬误中，有谁不是盲人
你们看到了万物的色彩与形状
也就同时看到了黑暗
而我的世界只有无边的想象
你们可以颠倒黑白、指鹿为马
我心里却一直涵养着光来照彻我
我只做一件事：对万物命名
光是什么样子，哦，它该像山里的蜂蜜
被一只飞鸟衔着滑过
也在我内心飞行。很多时候
你们说黑暗正在到来，我却依然被光牵引
一寸寸延长我脚下的道路
靠手的记忆，我知道火与冷铁的颜色
靠膝盖的记忆，我明白了苦难的形状
我在人间挣扎，爬起又摔倒
鸟兽与草木都在呼喊加油
我也看到了你们看不到的事物
尽管你们睁着双眼
我却靠心看了人心几十年
我看到死去的人还在老路上行走
活着的人与死去的人走在同一条路上
每个人的脸在我这里都是同一张脸
我要分辨他们的呼吸与语言
当我跌倒，我舔舐自己的血，它有红味道

我把另一些人标记成血色
当他们从我身边经过，散发出血腥
我能看到时间的颜色，但苍老的不是时间
是时间里的人，它拥有黄金的色泽
你们老跟我提到黄金
我想它该是虚古镇堆积千年的黄昏里
某一滴雨水滑过我唇边的味道

山外有人修建了一座假教堂

峡谷里,虚古寺已旧,还将继续陈旧
峡谷外边,有人修建了一座假教堂
这是美好得有些虚假的秋天
我穿过大峡谷,来到外边的世界
看到整过容的情侣正在假教堂前拍摄婚纱照
以证明或纪念真实的爱情
他们面对面发誓,誓言的有效期长达一百年
在水面与教堂之间铺出一片假草坪
几个朗读者坐在无神论者的草坪上朗诵着假诗
麻雀们在空中盘旋,抬着一只巨型鸟巢
那是麻雀自己的天堂
但尖顶的房子里没有神,也没有神甫布道
仿佛这是一个假人间,住满了假神
此刻如果有痛苦
那也是一个真人生活在一个假人间的痛苦
甚至这里的风景也是人造的
假树茂盛,悬挂着假果实
粗糙,夸张,像一幅印象主义画家的草图
除了重回虚古镇
我已无处可去,在真实的时间与垂落的阳光中
我险些陷进群体主义的山水美学

镇上新开一家妇产医院

妇产医生从不化妆,也不滥用修辞
但依然是诗,像安静的河谷连着源头
对于她们,我从不刻意制造能指与所指
有如她们也从不区分灵魂与肉体
这些灵魂的摆渡员,肉体的接驳车
就像产房总使我想到花房
她们使我想到对神示与俗世的赞美
但赞美出生,不如赞美一次新生
审判之后,复活的时辰,绽放的时辰
这疼痛使女人发光
而婴儿头颅始终悬空朝向地面
请忽略血和止血钳、药棉、麻醉剂
血压测量仪以及绷带,也请忽略胎盘
倾听孩子的第一声哭啼
剪断脐带,像果实投向大地
走廊上,一个男人无字的摇篮曲
血脉扎根泥土的声音,仿佛钢琴声
无论是五月,还是十月
那架钢琴只在旷野上弹响
露天琴房里,每个饱满的日子都是产房
孩子在里边匆匆赶路
他用十个月才走出母亲的身体
他还要继续走几十年
才能走出母亲模糊的视线

所有女人也在赶路,奇迹始于妇产科
就像歌者与她的歌剧院
在源头,在幸福河谷
产房、琴房与花房的三重奏

虚古镇来了马戏团

猴子与矮种马,老虎与亚洲象,狗熊与比熊犬
小丑带来欢乐,美女带来玫瑰
台下是兴奋的小镇居民
虚古镇的牛、羊、鸟雀也在围观同类
远处,山外的实验室,刀刃在解剖
剥开动物的皮,剔净骨头
制作标本,探索保鲜或储藏的办法
加工华服、饰品与美味
当然也会给动物配置可口的饲料
制定它们的作息时间
唯独没人体悟动物的内心
多少世代,它们也曾主宰大地
现在它们如囚徒
锣鼓之后,表演驯化后的契合与节奏
但如果在早晨的河边,一边给牛羊饮水
一边自言自语,跟它们聊天
为它们哼一首动物的歌,写一首动物诗
或在黄昏,倾听骡马面向群山的呼喊
冬天暖阳下梳理驴子的毛发
夏日浓荫中,凝视兔子、狍子的眼神
细心人会看到,动物眼底也有感激
在兽类身上,会发现人曾有过却在淡去的佛性

雪天

1525年与2019年相隔多久？老勃鲁盖尔[①]
我们就相隔了多少年
当我在山外，偶然遇到你
把你的画册背在身上流浪，仿佛我背着
你这个大西洋东岸、尼德兰的农民和你的时代
现在我回到虚古镇
漫天大雪阻挡住爬山的猎人
我打开你的画，看到尼德兰雪天的猎人
提着猎枪。想到四十年前
少年背着粪筐，踩着雪中的冬小麦
追踪小兽的蹄印，仿佛已听到它们的喘息
那时我并不知道十六世纪的尼德兰
还有你，老彼得·勃鲁盖尔
那些雪中的猎人，舞者，醉酒农夫
圣徒，收割中的麦子与牛草
唉，如今我已不再是那个少年
我贴身背着你的画卷
在北中国游荡，像生活在中世纪乡村
虚古镇的冬天，我能记住的
是太平洋西海岸的燕山

[①] 彼得·勃鲁盖尔（约1525—1569），16世纪尼德兰地区最伟大的画家，一生以农村生活作为艺术创作题材，人们称他为"农民的勃鲁盖尔"。是笔者最为喜爱的画家之一。

金色玉米垛在窗外的雪中,几只黑鸟盘旋
穿棉衣的笨拙农民聚在火炕上聊天
炉灶里,劈柴在燃烧,我俯身在你的画页上
农民勃鲁盖尔,老家伙,你知道的
有人从雪里的晒衣绳上
摘来直挺挺冰棍似的衣物,摊在火炕上
以尽快晾干,我闻到
布匹上冰雪蒸发的气味——好像我又要怀旧
不,有些往昔恰是我渴望的未来——
那气味使我想到了遥远的生命勃发的夏天

罗宾逊·杰弗斯

你离世两年后，1964年，我出生在深冬
你活在太平洋东岸，加利福尼亚
卡梅尔海岸的群山
我在太平洋西岸的燕山，中国冀东
我们都写诗，都一样亲近山林
你凭一己之力建起石屋与鹰塔
我在黄昏守着祖宗们扔下不管的虚古镇
你记述你家乡的人事
我也像大地观察员，保管着每一个无名者的
活法与死法，归化自然
你的诗先是大红大紫，而后被众人诟病
据说它们否定了人性，弥漫绝望
胡扯，太多人并不懂你
一个执着于爱情的人不爱人世？就像你对尤娜
因为羞愧，我迟疑着，诗不敢示人
它们只埋在生的阴影里追踪死
我们都不善言辞，厌倦与人更近
但你想不到，另一世纪，万里外的古燕山
一个后来者正向你靠近，致意
你的石屋和鹰塔上，嵌满你游历带回的礼物
以此，你向物性致敬：北京寺庙的瓦片
长城的砖，夏威夷与维苏威火山冷却的熔岩
天降陨石，南亚的吴哥窟
以及亚瑟王城堡海滩上的卵石

拜伦、叶芝故居、罗德西亚墓园的石块
而我的虚古镇，深埋着远古汪洋的鱼化石
风的痕迹，药草大典，打开天目的族群
虚古镇历法，大庙，辽塔，烽火台
墓群，残卷，萨满教，原始村居遗址
就像石屋与鹰塔，耸立在风雪山海之间
你站立在加利福尼亚群山
桀骜不驯的目光扫过平原上矮小的人群
这使我想到另一些人，王维、寒山
爱默生、梭罗、弗罗斯特
以及半个和尚、仍活在人世的盖瑞·斯奈德

年轮转动

万古如黑夜，时间漫漫，我无能为力
只截取一段：就从1964年开始吧
那一年你在干什么，你老了还是正年轻
或许你刚刚出生，父母亲人年富力强
他们为欠产的土地奔波，为一株麦穗守在风里
那么1974年你在哪里，或许在山村小学读书
在田间劳作，在山坡上放牧
这么多年过去，你开始苍老，那座山仅抬高一寸
你恋爱了吗？当1984年来临，故乡风声鹤唳
爱情让你扭过脸哭泣
然后你抓紧分辨玫瑰与蔷薇，神秘的罂粟
它们关涉你即将要经历的失恋
1994年，你走过最远的路径抵达何地
你穿过了海峡，小国土，或者手捧沙漠上一蓬干花
那时黎明刚刚来临，或白天的大雨早已停歇
2004年，你还记得遇到过谁，依旧太多陌生人
与你擦肩：在同一轮太阳下。而镜子里
你望着自己的脸感到了茫然
仿佛有什么正离你而去
2014年的世界印证了这一点，所有事物
陌生而疾速，就像苹果树的山谷改种了花椒树
太多新事物在1964年都没有听说过
而在1974年，你也想象不到
活在这个世界越久，反而会愈加陌生

2024年你将拥有60岁，熟悉的人来过又都走了
他们走在了你的前头
陌生人就像从没来过人世，落叶滚动他们的姓名
就像吹动肥皂泡，就像一本书被一双手翻开
一页页，充斥年份的喧哗
就像天空飞过鸟雀，它们短暂地擦过流星而鸣叫
几十年，年轮转动，带动数字的轮辐
就像山川、草场、海水、众生、鸟兽与你同在
它们因你的存在而存在
喧哗拥挤又佗寂无声，万物如影子
它们也将随你的消失而消失
这之后，大地空洞，只有高悬的月亮

从这里，到这里

我曾活在野蛮人部落，正如荷马所说
世代如落叶。文字、火种、雨成为沃土培植械树
一群脚夫、傻子、不看星星的人
痴迷于一些可笑的坏事
比如你走在路上，有人会让一条蛇
隐藏在你前边转弯的草丛
你好不容易平整的土地，转眼之际
他们会埋进几块石头和兽骨
你割的草，当你稍不留神，就会被扔进河水
那些人看着草叶漂走，在远处的高冈上拍手傻笑
看到树下恋爱的人，或许那只是求偶
他们会突然从树上蹿下来
扔出几只死鸟或断腿的老鼠
但他们只给你带来恶作剧，你恨不起来
后来我搬迁到文明人的居住地
宽敞的街道、整洁的社区，人住在楼上
我听过他们中间一位的故事
眼镜、西装、香水味弥漫在他三米之内
整天在纸上研究社会学
为地上的鞋子制定向左或向右的出行规则
为天上的鸽子设计一个语言的囚笼
黄昏陪女人喝咖啡，谈论爱情、白雪与诗
夜晚更换另一张脸，嫉妒别处的幸福
他拿捏尺度，博学，是众人眼里的圣徒

督建的小学操场，模仿真理的形状

熬粥，做慈善，为穷人测量体温

适时敲响法槌，宣布生者或死者的归宿

当他脱掉一层层白昼和目光，赤裸关上独居的门

会用腹语对着镜子发泄委屈、愤怒、诅咒

他演讲，制造风，接受访谈，占据八卦第一版

他养狗，以观察狗揣摩主人的技艺

他喂养一只鹦鹉，当又一个清晨降临

终于把他的嗓子提上白昼的高音区

现在，我厌倦了，重回山河、寺庙和源头

在原初的野蛮中，我倒退着走

走着走着就走成了哑巴孩子，游手好闲，旁观众生

古歌里的英雄

豪气冲天的汉子，请跪向祖先
和祖先奔波在大地上那河流般的足迹起誓
一定要记住，你粗糙的脸上
留下的第一个女人的吻
是你母亲的吻，那时你刚刚出生
母亲给你呈现了阳光和雨水
而第二个吻是你妻子留下的
那急雨之后旷野中花朵的战栗，呈现给你世界的美
当她们离你远去，带着族群的使命
多灾多难的汉子，请弹掉泪水，跪向大地
和大地上的群峰起誓
就为高贵的女人而战吧，你要的并不多
当你稚嫩的脸被血汗浸出沟壑
在久远的年代，与不断战死的亲人相比
你受的屈辱又算得了什么
请不要忘记那些初吻
营盘与迁徙，弯刀与马蹄，弓箭与盾牌
铁血的汉子，请为血管里混合的野性而战
你要的并不多，一点点爱、自由与尊严
为太阳每天照常在家园升起
直到你宽大的身躯，躺在河流汇聚之地
躺在祖先白鹿和雄鹰的草原
那里，鲜花、营火和颂歌仍在夜空下铺展

致敬,苏林彦

你的村庄在河的上游,群山北麓
我的村子在河的下游,群山西侧,相距十余里
你做小学教员,也在做秘密的事
卢沟桥事变一周年,你在虚古镇组织暴动
建立起冀东抗联第四总队
一把尚未开刃的刀子
一个乡村小学的先生,一个农民暴动的首领
一个走遍了我的家乡、你的家乡的青年
五十年后,我也走遍了我们的家乡
我们熟悉同一片山川,那里的鸟兽与众生
你经历的生死,一件件都被我在时间重构中证实
我经历生死,你或许在空气中目睹
战争锻炼了你,从乡村孩子到铁血战士
命运历练了我,像你一样
山中树木塑成虚古镇人的筋骨
山下的河水充盈我们的气脉
但你更多为天下苦主,我为卑微的自我
你和你的战友反抗异族
我独自抵抗那抓也抓不住的虚无
多渴望能生在你的时代,那样我就不再孤独
你为梦想而生,1947年死于尖锐的战争
我苟活红尘,也将在未来某年死于红尘的塌陷

潘家峪叙事

我们匍匐在地上，祈求各路大神
祈祷词常在，而颂诗变得多余
神护佑下的虚古镇，从来由人自己代管
它所属的潘家峪建于明朝永乐二年
民国时已繁衍一千七百余人丁
这里成了冀东抗联的落脚点
抗日被服厂、枪械所隐藏在山中
游击队也常在这里休整
东洋人的肉中刺，敌占区的一盏灯
细雪飘进一九四一年腊月二十八，早晨八点钟
四千日伪军，包围了村庄
财主惠老爷的三进大院
鬼子铺设好松枝与柴草，浇上煤油
村民被赶进去，锁闭大门
高墙上端枪的士兵只等魔鬼的命令
开枪，点火，投掷手雷
瞬间血肉横飞，火焰冲天
老者喊叫，孩子哭嚎，妇人呼唤儿女
夺路而逃的人路在哪里
破窗而出，窗外是密集的子弹
敌人走后，大火尚未熄灭
邻村赶来的乡亲跪在血里，红雪飘在天上
一千二百三十七口村民成了焦炭！四十个孩子
被生生摔死在墙上

收尸人只能标记出"男""女""童"三个字
三座大坟,地球上倒扣的暮鼓晨钟
安顿下吾乡吾土吾民的灵魂
当新雪和时光灰飘落群山,往事沉寂
在天国的雪白与大地的血红之间
人神契约尽毁,人被人自己所流放
对神,我只剩无解的质疑
对管理大地的疯子,诗或许只是诺诺的腹语

一九四三年刻印的战地小报

一些人的名字已不朽，另一些人变为无名
一些战役只存在于旷野的传说
战斗里的人成为无名而死去
模糊的文字成了信物，默默开启一扇门
只等我八十年后侧身进入
闻一闻时间沉淀下去的硝烟味
虚古往事还在弥漫，手无寸铁的妇孺还在哭
人们活在各自时代，但时辰永恒不动
我看到那时月黑风高
一些熟悉的地名、故事正成为旧闻
吃惊于那么残酷的岁月
还有人在粗纸空白处画下一朵小花，一只松鼠
一张木刻的苍老的脸，皱纹像雨后的蚯蚓
一双掘进泥土的手，青筋暴突
我想象年轻的刻字员、熟练的印刷工
放下刻刀与印刷滚筒
就会拿起枪去村外、河边埋伏
那些隐蔽在民间的文人
怀揣理想，培育火焰
然后轻轻哼起一首学生时代的爱情歌曲
或在露营地，吹起一阵欢快的口哨

为虚古毛驴塑像

二战的旧画册中常会闪现虚古毛驴的身影
当它们沿着山路前往战场
背上驮着长枪、子弹和手榴弹
往下撤时，它们就驮着伤员
或许也会驮着死去的战士的遗体
战斗与战斗的空隙里，它们要吃口草料
也会往田里运送粪肥、种子、水
套上木轮车，把秫秸、高粱穗拉回家
秋后它们成群结队运送军粮
起于大地的秋风吹响枯黄的干草丛
冬天农闲，它们的背上搭一床花被子
驮上女主人回娘家，男主人牵着缰绳走在前头
平日温顺如没见过世面的小媳妇
犯起倔来，跟燕山男人一个样
它们只属于一九四〇年代的虚古山地，爬坡，下沟
主人立了功，也会给它脑袋上戴朵大红花
如果长相俊朗，女主人会给它梳几根小辫子
然后，美滋滋走在高低不平的燕山里

潜行的队伍知晓星辰对应着时辰

一支队伍穿过谷子地、豆子地、荞麦地
在一次胜仗之后
月亮出来了,他们就躲进阴影里
继续潜行在夜幕下
当他们端了一个炮楼之后
有时也穿过高粱地、玉米地
露水打湿他们破旧的军装
夜宿的鸟被惊起,但很快就会平息
鸟雀与他们早已熟识
在他们打过一场伏击之后
会迅速消失在群山里
有时战士们也会吃亏,便擦净伤口
蹚着河,向上或向下,顺着河水
那样敌人就不会发现队伍撤退的踪迹
他们没有钟表
但知晓星辰与时辰的对应关系
当大地沉入寂静,他们会感到疲惫
那就在某一颗星或某一片树下,扎营休息

在一座反法西斯无名烈士墓前

时间是一条死路,止于春天的祭坛
另一些时间被用来遗忘

在燕山,在虚古镇向西的山坳
在一棵果实累累的杏树下

一座孤单的坟墓遗落在人世边缘
只有风搬运空无的祝福

那是逝去岁月和远去战争的祝福
是一颗旧灵魂、众多旧灵魂的祝福

繁茂的野花凋落在地
这是泪滴,植物们干枯的泪水

一只无名鸟哨兵一样立在悬崖
兀自呼唤战火燃烧的黎明与黄昏

敞开的山谷,弥漫血战结束后的神秘
和平浩荡,多年后某个下午的某时

在这感恩的时辰,人忘了自身的来路
而地上的事物,在纷纷感恩

唯有幸福的人们在远方幸福着
唯有这里，旧册页的空寂

一会儿，夜晚依旧会照常来临
无家的沉睡者，依旧睡在黑暗里

时间分成了三块，一些永被流放
另一些已成废墟，剩余的被诗铭记

小米

谷子、高粱、豆类和玉米,养活着最穷的人
它们从来都是粗粮,但有时金黄的小米
比黄金更贵重,困苦的日子
一捧小米能救下一条人命
而传说中的黄金只能是传说中的陷阱
那时候,帮工或扛长工的人除了要几吊铜钱外
其余总会是小米
每出一季工,都用小米来结账
土改分浮财,衣服、农具、牲口
也总要按小米折合它们的价值再行分配
很多年,给官府出徭役,也按小米来核算
一九四九年以后的公家人,实行供给制
新兴的国家以小米来计量,发放粮食和薪水

迁徙

早些年,穷人或罪人被逼无奈闯关东
留下搬不动的祖坟和老宅

近些年,年轻人搬进城就不再回来
以为进了城就进了天堂

闯关东的人流着老泪返乡,祭拜祖宗
曾经认识的人大多都成了亡灵

进城的人仿佛逃离了苦海,树木断了根
祖先的坟丘越来越小,塌陷在山里

可怜啊,族谱上的先人已成孤魂
没人还记挂他们和他们的传奇

无牵无挂的魂魄犹如遍地荒草
遗址与废墟是用旧的破衣裳

我走在白天与夜晚,形如野鬼
但没有一刻忘记过身里、身外的时代

大风刮动我居住过的房屋
我也曾在地球上不停迁徙,还要从生到死

这个线性次序里,生者与亡者一样孤独
活着和死去都需要相同的勇气

一张老照片

打开爸爸遗留的硬皮日记本
掉出一张黑白合影照
日记本是"大跃进"修水库他得的奖励
照片定格当年工地的盛况
史料中,集聚了三里八乡六万五千人
爸爸不识字,日记本被妈妈压在了柜底
夹着我家土改发的房契、地契
以及照片、布票、零花钱、鞋样子
发黄的照片中,人们高举旗子
戴着草帽,对襟衬衫敞着怀
裤脚挽到了膝盖上
能看出,缺少肌肉的腿骨光秃如木棍
胸肋一根根凸起
头发杂乱,眼窝深陷,胡楂把脸当成了土地
在那粮食亩产几万斤的年月
我真不敢相信
如果拿掉红旗,遮住他们固执的眼神
这就是一群逃荒的人
可就是他们修建的水库
依旧在蓄水、排涝,用到如今

电带来的……

以往露水浸透的虚古镇夏夜早已退去
唯独那个夏天依然年轻
那是虚古镇最初通电的日子
光明划破尘土落地的夜幕
我们也像没人进入的山谷，年轻得有些神秘
而街上每根电杆都倒悬着灯泡
灯光第一次照亮群山中的黑暗
照亮满街衣冠不整、聚在灯光下乘凉的人
想想吧，那些鲜活的人终于结束一整天的劳动
我和认识的男人、女人
一起坐在飞满昆虫的灯光里，远处是流星
萤火虫与月亮都显得黯淡
就这样，人们等待星空笼罩山地，如祖宗的目光
随后在沁凉的空气里各自回家，安歇
现在，当我回忆少年时代的夜晚，热闹的村街
那些人全都老去了，空村子重回黑暗
一灯跳动如豆，地老天荒
他们与他们的时代，几乎同时升起在我的头顶
唯独把我留在了曾经温情的大地上

乡村之梦

一九六九年,还没到上学年龄,冬夜漫漫
父母请来同村的老先生
教我打珠算,另一种黑白棋局
他们围在火盆边,黄泥灯台上亮着油灯
嗑瓜子,喝白水,拉着家常
吃冰水浸泡的冻柿子
当他们看到我拨拉算珠
独自完成先生的题目
父母脸上挂着从未有过的笑容
他们心里,哪怕是红旗飘飘的年代
也都隐藏着一个不能说出的梦
能打算盘才是真本事
他们依旧相信,过去有钱的人家
那些土地、骡马、宅院、三妻四妾
都是靠着一副算盘拨拉回家的

讨饭的人们

一进腊月，能走路的人都在镇外集结
穿着钻出旧棉絮的棉衣
有人用旧毛巾包住头
身后，漏风的土坯屋像一座座鬼宅
四周立着光秃秃的树木
破门板上挂着锈锁，雪花顺着北风飘
老人牵着孩子，小伙子提着打狗棍
还没出嫁的姑娘端着瓢，害羞地低下头
当人们集齐，领头的一挥手
这样一支队伍就上了路
他们越过群山与冰冻的河流
奔赴平原或集镇，不是去打仗
而是挨家挨户要饭、讨粮或旧衣裳
漫无归宿，在天下行乞
直到开春，这群苦命人才往祖坟的方向走
回到生产队，等着老天睁开眼
让雨落下来，开犁种地
乞讨者每年都有人死去或失踪
有些孩子被卖给陌生人
每逢年关到来，公社武装部就会下通知
越来越少的地主、富农
即使年关被饿死，也不许出门
这些更苦的人，继续留在无人的村落
像早晨低头的风，清扫本无一物的街道

换亲

香火在庙里，也在家族中
越是贫穷，庙里的香火就越繁盛
而家族的人丁却旺不起来
富不过三代，穷也过不了三代
男人穷得没能力娶妻
三代后他的家族就绝了根
穷则思变，虚古镇有了新式婚姻
一家的男子过了娶妻年龄，另一家也是
恰巧两家又都有女子没有婚嫁
这样就可以换亲
一个女子嫁过去，那一家的女子嫁过来
一朵花与另一朵花交换花粉
这不过是合法婚配
如果两家都生下男孩还好
如果一方生下女娃，家族断了血脉
退婚大战开始，旷日持久
那特殊年代，已尘封的往事

一九七〇年的一场火灾

秋夜的场院燃起一场大火
一个男子呼喊着
把梦中的人们惊醒
挑水或挥舞铁锹、扫帚扑打
那男子还在忘我灭火
一股夜风卷着火焰向他刮去
瞬间不省人事
一垛垛庄稼秧转眼烧成灰
而它们原本是储备的冬饲料
喂养生产队的骡马
那男青年醒来的第一句：
公共财物保住了吗？我要去灭火
事后他被隆重表彰
可不久又被抓进了监狱
火是他放的，贼喊捉贼
这个富农的孩子
被家庭成分压得直不起腰
哥哥不能娶妻，姐姐不能嫁人
他不得不如此漂白自己

光明与青春的故乡

就是那时候，公社想修座小水电站
几十个回乡知青发誓要结束虚古镇万年黑暗
年轻人返乡，战天斗地
贯通龙王岭时却出现了意外
当洞里一轮炸药爆炸、硝烟如鬼魂散尽
知青们进洞清理操作面
一个哑炮神秘引爆，两个人碎成空气
一起重大的政治事件
这事确实神秘，那个通灵老人曾发出过警告
挖洞千万要绕行
不然会惊动酣睡的龙王
早年的龙王岭上曾有一座龙王庙
早年的岭上月光似潮
后来被"反潮流"的人拆除干净，月光退去
现在睡在黑暗中的龙王终于发怒
修建中的水电站变成废墟
十多米深的山洞被后人称为知青洞
多年来没人再靠近草丛和遗址
经常有人指天发誓，夜半曾看到
洞里隐约着火光
火焰中升起一只大鸟，像传说的凤凰
年轻的歌声在飘荡
仿佛那里藏有一个光明与青春的故乡
而那山洞就是时光黑洞，吸净日光、月光

饥饿

他是个老实巴交的庄稼人，岁数大了
生产队让他看护队里的晾场：
秋天总是如期到来，在收获后的田野
社员们用碌碡轧出几亩硬地
等待谷子、高粱、大豆、玉米归家
这些粮食就摊在场里晾晒
接下去的几个月，他要吃睡在这里
这个单身老汉守着集体的粮食
肚子却饿得咕咕叫，不敢往嘴里塞一粒米
否则被发现，就会遭游街、批判
——这是漫长的秋夜，饿醒了，围着满场的粮食转
不管了！活下去，避风处
他摆开三块石头，笼上一团火
铁筛子架到石头和火上，从粮堆舀了黄豆放进筛子
火上的黄豆撒欢地蹦，香味飘向夜空
这一吃就收不住，喝下几碗凉水
豆子在肠胃里膨胀，疼痛、跑肚折腾一宿
天色将明，社员们即将来上工
他担心露馅，竟往肛门塞了半根胡萝卜
不承想这东西硬是钻了进去，被人送进卫生院
至此，他不得不交代，好在队里没再深究
只是再也不会让他来护场
此事不是杜撰，那年我七岁，记忆犹新
这个老单身汉，死于六年后的大地震

我的结巴大哥

喜欢说短句,甚至只吐单音字
比如"吃了",他说"吃",肯定时一律说"嗯"
否定时说"不",或者干脆不吭气
比如他说"玉米",人们会根据季节判断
他是种玉米,还是去玉米田锄地
更多的,他被人听到在说一串"滚"
那是他厌倦时,对着镜子练习发音
我从没看到他真能让谁滚
有时他会把简单的事弄复杂
当他与人争辩,嘴巴会磕磕绊绊
像个心急的人被秋风噎住
更多时候,他不得不选择简单化
或无奈默认,或咧嘴笑笑,埋头做事
以他自己的方式对待世界
我不是结巴,但我也开始喜欢说短句
要么沉默不语,患上失语症
从中体会口吃的快乐
这是我的方式,用小小的虚古镇对抗全世界

奇异的早晨

那两个小孩对我来说陌生又新鲜
就像这个早晨,我走在奇异天空下的感觉
他们被各自的母亲推在童车里
彼此第一次相遇,也初次看到我
一个提前活了几十年的人
他们,六个月和八个月,馨香地,相向而过
而恰好我走到他们身边
在这奇异的早晨,大一点儿的孩子"呀呀"倾身
向六个月大的孩子伸手招呼
躺在车子里小一点儿的孩子挣扎着要爬起
而他们的母亲相向而行,彼此一笑
两个孩子错身通过,打了此生第一个照面
像我与邻居家养过的羊羔
一只和另一只,在大地上邂逅
两只新生的燕子在奇异的光线里交集
早晨的蓝天下,四周的花奇异绽放
愿虚古镇祖先都来关照他们
就像关照我那样,也像怜悯我那样
愿祖先怜悯他们和他们的母亲
在这奇异的大地上,在这真理似的早晨

姐姐和妈妈

想到天下的姐姐全是别人的,我就嫉妒
年过半百的我,干燥的眼窝有时还会被泪润湿
而一想到妈妈,我的心就疼
以往的日子,她操的那份心、受的那些苦
爸爸知道,我也知道
等到我有能力孝敬她时,她已离去

到了中年，偶尔还被人唤着乳名

到了中年，偶尔还被人唤着乳名
有时听人用乳名谈起另一些人、另一些事
所有的人、事都因遥远而恍惚
就像晚风里点亮的煤油灯
曾被人唤作毛子壶照亮古老的黑暗[①]
就像在异地的田埂看到一棵熟悉的蒲公英
也被唤作婆婆丁
像麻雀被唤作家雀，乌鸦被唤作老鸹
逐渐枯干的河流被叫作河套
我的乳名也一直孤单地摆渡过那些河套
穿过年月日，被人唤醒
像深秋的包心菜被剥开，露出它鲜嫩的菜心
像某一天，我们突然邂逅
我竟一口叫出你的小名
如同爬出老远的红薯秧牵扯着地下的红薯
一下子我说出你小时候那么多调皮事
你不再年轻的脸上浮现出红晕
才知道世上最孤独的是一个人的乳名
从不老去的也是一个人的乳名
现在你在一片经年已久的废纸上
找到几十年前写下的笨拙文字
我会看到，一个孩子写下那些字之后
在苍莽的燕山里仰起他稚嫩的脸

---

① 过去煤油靠进口，煤油灯也叫毛子壶。

不知有谁还记得初吻

不知有谁还记得初吻，像年少做了错事
唇边清晰的绒毛在光里透明，眼睛微微闭上
就像我依旧记得，跟在父母身后
在果园，在河畔，在刨出花生的新土上狂喜跑动
那时我一定张开过小胳膊尝试着飞行
这算不算幼小的我与大地的初吻
当人们不再年轻，多少人还记得初吻的日子
记得在哪个时辰，哪一分的哪一秒
是躲进夜光，还是站在风停之后的树荫
是拥抱着挤在细雨里的伞下
抑或是乡村露天电影放映时，突然停了电
恍惚记得，我第一次与伙伴们进到山中
那是春天，挎着柳条篮，提着小铁铲
拨开上一年的枯草，寻找刚长出的野菜
山谷里，对着树木、天空大喊
那时我还是个孩子，刚刚记事，春天啊春天
我的小鞋子亲吻村庄外的一片片处女地
现在激情如灰烬，我只默默凝视万物
就像老得只能回忆遥远模糊的初吻
彼此抚摸着双手，当我们相隔多年之后

踏水车

莫名的心事使我烦躁,那就干活去
从房屋、脏孩子、路边狗、树木之间穿过
它们不与我说话
那些跟我说话又与我无关的人,说的全是废话
我的菜地紧靠暖水河,一个本色的农人
浇灌蔬菜,我跨上河堤的踏水车
一兜兜,把水从十米下的河里踩上来
倒进渠道,再流向几十米远的菜畦
我一上一下踩动的双腿不能停下
这是一亩水浇地,豆角、菠菜、茄子已干旱
河水从上游流来,经过我和虚古镇
两岸杨柳、麻雀、金翅在穿梭
微风吹过我汗湿的身体,慢慢的,那些心事
被踏上来的水所带走,无非一层浮尘
没什么了不起的,我流我的汗,干我的活
看蔬菜长高,水渗进地下
根须在明澈的日子里滋润,扎得更深
我体会着某种喜悦,轻松,自在
我用力踏上水来,洗礼,多么具体的日子
在山环水绕的大菜园里,我是个复活的古人
与鸟雀、微风、阳光一起,卸掉多余的
这样踏实、浅显的一天,没有诗又能怎样

母亲的村庄

我说的不是父亲的村庄,是母亲的村庄
我父亲的村庄也是我的
而母亲的村庄只属于母亲,以及她的兄弟和姐妹
母亲的村庄也是她父亲、母亲的村庄
我没见过面的姥爷、姥姥的村庄
现在母亲去世多年,上一代人全走了
有时我还会想起遥远的母亲的村庄
仿佛她的父亲母亲都还活着
仿佛她的兄弟、姐妹仍在孩童时代
几个乡村的小姑娘,几个山中的小男孩
早晨的阳光照在民国的山坡、树木和庄稼上
照着井台、辘轳、毛驴、羊群
薄雾在山谷飘动,刚出窝的鸟雀在露水里迷路
像我小时候,无忧无虑地活在父母亲的村庄
一百年啊都还这么清晰,直到我离开人世

物之哀

多年前,一条黑狗跟随爷爷、爸爸下地
人们干活,它趴在地头的树荫草地上
打盹,追麻雀,逗蝴蝶
后来被打狗的民兵勒死在墙头
那之后,我家再没养过狗
再后来,我上小学,割草养兔子
时间长了,兴趣慢慢散尽
饥饿的兔子逃进猪圈觅食,被猪咬死
山羊、牛马、毛驴,也都养过
它们的样子我记忆清晰
如果它们也有灵魂,也会记得我
我爬过的树木,现在那里已是空地
登过的山顶,那里有一块巨岩
我坐在上边俯瞰,虚古镇与烽火台显得矮小
而野外的土地有时划给农户
有时收归集体,掩埋祖宗骸骨的土壤
每年要种植不重茬的庄稼
旱涝听天由命:几十年眨眼就逝
祠堂、寺庙、烽火台破败不堪
撂荒地草籽随风播撒,更像从前的时光
物从不发出感叹
时间从源头漫过来,只耗损人
当我不再怀人,我就想念旧物,体味物之哀

丘子坟

那些人在山腰忙碌，挖开草皮
用石头和青砖砌出一座微小的房子
这是丘子坟，专为早逝者准备
在虚古镇，当一个人先离世
他的肉体不允许入土，会找个隐蔽的地方
盖一座微型小屋，亡者被收敛入棺
棺木存进丘子坟，无论等待多久
都必须等到他的伴侣去世
两个人才能合敛进同一口棺材
再在另一个风水之地挖穴，入葬
丘子坟仿佛是生死之间小小的驿站
亡者入土，丘子坟坍塌成废墟
那时，我和伙伴们常在野外玩耍
总要绕开丘子坟，每座坟内
都有一具等待下葬的肉身
寂静里会传出沙沙声
孩子们不敢靠近。但有一种无名鸟
顺着烧香上供的通气孔，幽灵一样进出
在虚古镇四周的山阴
人、神、鬼共居同一时空
这最底层的小小仪轨已跨越千年
如同不熄的野火，映照尘土里的东方

病中的妈妈，病中的我

某些秋末冬初，默片，风是画外音
总有一大一小两个人，在瘦山水中出没
大人手拿铁镐，孩子肩背柳筐
行走在枯黄草木与满沟乱石之间
寻找几味没有名字的药草
他们分开结霜的草皮，掘开冻土与碎石
挖出植物的根，背回家给病人熬药
大人是爸爸，孩子是我，病人是妈妈
那时，妈妈猫着腰，手按住胃
在跳动的煤油灯光里，准备晚饭
我也会生病，逃学，不再起早给猪羊割草
赖在被窝，等着妈妈端上撒了虾皮的小米粥
外加一只煮熟的咸鸭蛋，产自我家的麻鸭
生产队集合上工后，村子静下来
太阳高过东山一丈，妈妈从地里赶回家
摸摸我的头，揉揉我的肚子
再塞给我一颗偷摘来的苹果，或两只蝈蝈
炊烟终于升起，下工的乡亲陆续返村
岭上的小学放了学，我从炕上爬起
——当我站上大地返身四顾，爸妈都没了
我如孤儿，只剩黑白画似的回忆
和回忆带来的一丝丝温暖，褪色的时光——
一大一小挖药的人走在群山中
光秃的树冠上，一群寒鸦在饥饿的晚风中起落

穷孩子的一天

起早,结伴翻过西山,再翻过一座山外山
这是临县,但森林不属于他们
也不属于我们,却属于远处的煤矿
树木成材后砍倒,滚下山去
成为煤矿巷道的支柱
现在我们散进林中
太阳已高,快速挥动长镰
松脂从松树断枝溢出,森林里飘着松香
幽暗的林中漏下阳光
兔子、松鼠惊逃,湿润的蛇卷着光爬远
药材、浆果、山花摇晃
护林人已爬上山腰喊叫着壮胆
所有人同时撤出森林,在山路上奔跑
直到虚古镇的山顶,大口喘息
我们卸下松枝,把自己扔进黄米草丛
与护林人远远对峙
我们脱光湿透的衣服
只穿内裤像群猴子,俯瞰山脚下的家
贫穷的年代还能指望什么
下山吧,披着上衣,裤子鞋子挂在后背松枝上
裸身,光着老茧的脚,弓腰向下
饿着肚子开心喊叫,喝溪涧的泉水
群山、长天,不同林带,野人吹着山风下山
到家已是午饭之后,穷孩子的一天

那个孩子穿过青纱帐

那个孩子独自穿过青纱帐,青纱帐中的小路
他在天地之间怀着小恐惧,跑跑停停
风摇动庄稼,风分成两股风在两侧的庄稼上追他
风一直把他追成大人

当他再次走过那条小路,穿过那片土地上的青纱帐
时隔多年的同一阵风又追了过来
青纱帐深处,如同藏有一座迷宫般的城堡
他听到一个孩子在城堡里呼喊着他

树苗长成大树，一茬又一茬

十二岁，夏天，雨后
小学生背着一筐筐松树苗，跟在老师后边爬山
在斜度小的乱石坡地
挖坑，栽下，浇少量的水，封土
再往上是高耸陡峭的山顶
无人涉足，大片阳光、风和鸟粪
向下是村庄，压低的河流与抬升的白昼
天空开阔，群山明净
鸟们飞在孩子的外围鸣叫
再远些，混交林高大繁茂，叶片闪光
中午吃自带干粮，高粱菜团子，咸菜丝
将近一个白天，整个山坡栽上树苗
我们下山，回家，倒头躺下
后来那片树苗全活下来，长大，被人砍伐
又被更小的孩子们重新栽上
而我睡到凌晨，被妈妈喊醒，拉到院子
地震！空气的呼啸里房倒屋塌
几个刚栽过树的孩子死去
然后是没完没了的建设，没完没了地毁坏
生死由天，离别，养家，活在地球上
与大地、海水、时辰、种子一起
就像我们陈旧的虚古镇，江河万古流

俯瞰

又一次坐在山上俯瞰，村庄和我一样荒凉
五月的上午，太阳还是那副老模样
不紧不慢，照在生锈的万物上
此刻初夏犹如深秋，上午犹如黄昏

村子已成废墟，地里草木杂乱
机井房倒塌，水渠上的青蒿、曼陀罗高过风
杨树、槐树胡乱掩住我家的院子
仔细看，石头院墙仿佛在摇晃

没有人影，整个村子人烟稀少得像坟场
土狗和野猫占据了人的位置
它们无精打采地求欢、追逐、逃窜
小满的节气生机不在，万物艰难生长

我想起从前，哦，又是从前
我也站在山上，村庄展开一幕明亮的小电影
三五成群的乡亲围着不同的货郎
风吹小学的旗子，操场上，孩子在奔跑

妈妈在院子里忙碌，羊羔、鸡鸭追在她脚边
每到中午，我常常期盼着
果然，看到亲爱的大姨、二姨
或小姨，进了我家的门

我匆匆割下几团羊草,背着柴篓下山
午饭时间,田里劳动的人也放下了农活
爸爸赶着我家的马车
跟他们一起,像一支牧歌,走在原乡的路上

母亲的青春时代

母亲在时,我家会添很多亲戚
母亲要我喊他们舅舅,或叫她们姨姨
那些舅舅、姨姨不是我母亲的亲兄妹
是她未出阁时村里的伙伴与乡亲
现在回想年轻健康的母亲
想象母亲尚未出嫁
守在她自己村庄与亲人的身边
该有多少少女的快乐
年轻的母亲,云朵一样,遥远又轻盈
后来母亲老了
那些舅舅、姨姨也老了
再没精力来往、走动
再后来母亲没了,那些舅舅、姨姨也没了
而现在渐渐轮到了我
我的苍老也将如期而至
才确信一个久远的年代
与一个最新的时代都在结束

马车时代的抒情诗

东山上有一座雷达,一个营盘
爬到半山腰
能听到雷达的嗡嗡声
再向上,会被岗哨阻拦
回到西山
东山顶的雷达还在旋转
过段时间,东山的军用卡车开下来
到暖水河边拉水,拉沙子
真稀罕啊,那些南方小兵的腔调
也特别爱听绿卡车的喇叭叫
他们打开车门
让孩子们上去摁响
爱闻卡车排出的汽油味
一溜淡淡的青烟
军车远去,搅起的黄土很久才消散
群山连绵,白昼空阔漫长
下一次再要看到它们
穷孩子已慢慢熬大
这要挨过多少无聊的时光
像无望的前途,在无边的故乡

田间的妇女

那些晴天,那些微雨的日子
她们都还年轻,跟在男人身后
完成他们剩下的活计
她们的脸有葵花的黄色,鼓凸的胸脯乱颤
证明她们正在哺乳,而女孩子
一看腰身就能分辨出来
就这样,伺候完男人、鸡鸭,又伺候庄稼
对农活,就像缝纫时对针脚的熟悉
壮硕的腿脚踩进松软的泥土
弯腰挥镰,割下麦子、谷子或豆子
捡拾男人刨出的花生或红薯
她们中有我的婶婶、嫂子,也有我的姐妹
而经常地,当我返乡,长途车放我在东山脚下
那时落日落到西山顶,白昼即逝
在最后的光里忙碌,她们的衣服五颜六色
从庄稼与草丛间站起又蹲下
那么矮小,像簇拥的矮树丛,我辨不清她们的脸
现在她们更加模糊,我们之间飘散着云烟
她们容颜老去,一部分出嫁后从没相逢
还有一部分,走进黄土,早已不在

白莲花

就是这段拐弯的河堤，河水撞击青石开出白莲花
那些天外飞来的巨石，铺成一张张石床
午饭后，我们头顶夏日烈焰
扒掉衣服扑进水里
水中的小身子把河面扑打成莲花瓣
孩子们都在这里，裸着身体
这是时间之树上，自然与神的果实
现在石床还在，水却清浅
下降的河水够不到石岸
石缝间的铁线莲、水蓼高过了我
曾经喧闹的地方空无一人
下游，浣衣妇挽起裤腿搓衣的地方长满草
我多想再次脱光，如同孩子
第二次降临人间，再次、再次找回少年野性
年轻的肉体从水下钻出
水花飞溅，再一次开出白莲
我会抖掉水珠，紧绷的皮肤在另一个时代闪亮
就像末日时光留给生命初始的祝福
群鸟围着白莲鸣叫，灵魂擦着水面飞翔

下雨

雨跟着往事来临，揭开山河的封条
雨也曾淋在父亲身上
他直起腰，背有些驼，望着雨和天空
他说，天总算凉快些。那是在夏季
但在春天，他会说：好雨啊，麦苗正缺水
他不知道早有了"好雨知时节"的句子
当然，也有忧虑，他自语
"可别下过头，庄稼会涝死"
我就在他关于雨的感慨里长大
当他憋在家里听雨，总是里屋、外屋转悠
不写诗的父亲也有过诗情，关涉雨中诸事
村南，山脉载着树木与光芒斜插向河水
那里的烟草在雨雾中搅和着风
村北的开阔地，玉米吐出了红缨
村东对岸，花生、红薯地要不要排水呢
西边的群山里，有我漫长的白昼
也有他满坡坠着青苹果的树木
而雨中歇下来的人在碾坊碾轧粮食
感谢玉米、荞麦、高粱，填充雨天的空隙与胃
感谢屋瓦遮雨的穷日子，雨在青苔上叙事
而现在我走在旷野，雨仍直来直去
没完没了的雨中
父亲赶着马车，走在回村路上，雨大风急

棉花哀歌

当它们还是一株株幼苗时
就被称为棉花,随后结出棉铃
在风里叮当摇晃
太阳下的棉铃吸纳着光线
从春到秋,棉秧从绿色变成铁褐色
一个孩子长大之后又老去

当父亲整日在棉田里消磨时光
他备垄、打杈、掐斜尖、除蚜虫
凑近棉桃,欣喜地观察
就像在经管他的孩子,瞧,这些小脸蛋
而我们正在山村小学打发着寂寞
终日无忧无虑

秋雨过后,褐色的棉花秸慢慢干枯
站在潮湿的田野上
它们举出大地子宫最后的温暖与仁慈
仍在紧紧抱成团
一群孩子穿着褪色的棉衣
从早晨跑向黄昏,我们来自母亲的子宫

棉花终将被摘走,季节在转换
直到来年暮春,枣树发芽再种下棉花
它们才有了家

那时，我们已失去爹娘，独自留在人世
我们穿着母亲缝制的棉衣
就像还一直待在不复存在的家里

拖拉机

生产队场院的畜棚前
一群庄稼人围着一辆崭新的拖拉机
这是某年、某个夏天的黄昏
公社新分来的"铁牛"正砰砰冒着烟
到了清晨,少年们隔着河水
向对岸高声呼喊"拖拉机"
四十年后,我的嘴唇又蹦出
这已经陌生的三个字
当我在废弃的公社大院角落
看到一堆拆散锈蚀的机器零件
我想起,月光照在四十年前
刚结束的乡村抢种抢收大会战
打着大灯照亮石子路砰砰返村的拖拉机
现在,它被拆成零件堆在阴影里
像一摊散乱的牛骨,经受着风吹雨淋

羊群

下午,西山顶的缺口漏下一大束阳光
照在平缓的山坡上
一群山羊在光照的草里吃着草
它们都斜伸出脑袋,叼住草梗、草叶、草籽儿
把草茎齐刷刷咬断
紧接着第二口,会迅速啃食掉草的根茬儿
小羊跟在母羊的后边寻找着草尖儿
有时抬头四处张望
或盯着昆虫发呆,随后抬起蹄子,叫上几声
如果我是那个牧羊人
我就不会写这首毫无意义的诗
如果我是牧羊人,我就放下别的活计
只是陪着我的羊
打发掉生命里这个短暂、无聊又阳光普照的白天

贫穷破败的村子

我路过一个贫穷破败的村子
满脸横肉的男人正鞭打一只老牛
他咒骂老牛偷懒，节省力气
老牛低头咬牙反刍
回忆强壮时的力气，老主人对它的疼惜
接着，一个妇人咒骂一群回家的羊
嫌弃羊们不好好走路
太阳快落下山去
羊们还在歪头撕下路边蒙尘的青草
群羊忍着委屈和哀伤
脑袋顶着屁股，走在夕阳下
一个小孩抱着一只狗，他们的泪流在一起
家里人把小狗崽全卖给了外乡人
孩子和母狗哭得好伤心
当我们对山脉、天空咒骂时
它们会刮起风，吹掉花朵与果实
让流水改道，奔向另一个流域
而当我们把喜悦和感恩传递给万物
世界总会悄悄回报
　"工作间隙，一边擦去手上的油
一边抬头看天上的浮云，我们会感到快乐"①

---

① 美国诗人盖瑞·斯奈德的句子。

响晴的日子

深秋的水库,水蓄到上游来,淹掉大片土地
金灿灿的杨柳树泡在深水里
我们的父辈蹚着水
腰里别着斧头、肩背手锯和绳子爬上树去
把多余的树枝砍下来
留作御寒的烧柴
断枝发散出草木气息
少年们站在水里捞起砍下的树枝
树上的人会留下空鸟巢
那时大部分鸟已迁徙到南方
他们会坐在这棵树与那棵树上隔空交谈
响晴的天空下,劳动使人兴奋
岸上是村庄,水中是孩子、麻鸭与野鸭群
远处水面广阔又平静
这是临近冬天的日子,水已变寒
斧头与手锯在北方闪亮
空气里传来浆果、秋粮和翻晒干草的香味
也传来空洞的砍伐声,山上的鸟叫声
我们就在这样的村庄长大,顺应着季节
整日沉浸在山谷粗野的自由中

黎雀

一天不差,端午节前十天,村里飞来黎雀
一天不差,去年此时它们也来过,站上树枝鸣叫
"嫂子嫂子,起来包粽子"
我知道,这些黎雀肯定不是姚振函笔下
那些冀南平原麦地里成群的麦鸟
这是我们山里人的黎雀
尽管麦子的确也被热风吹黄
先是齐刷刷的麦梢,后是麦叶,最后是麦秸
芦苇也够高了,苇叶在河风中抖动
我们碾出黄米,洗净苇叶,烧水,包粽子
黎雀总是在端午节前的清晨飞进村
它声音的火焰擦亮清晨,照亮睡意中的村妇
那时村外整片整片的麦子熟了,犹如大火
黎雀只在山里待十天,端午过后
大黎雀、小黎雀全都无影无踪
没人知道它们突然去了哪里
直到第二年再次回来,站上枝头喊醒人们
然后再次、再次消失
小小神秘的鸟儿让人说不清,这究竟是为什么

冬天的小镇

虚古镇的冬天越来越冷
人们走在街上,袖着手哆嗦
没有一间房屋可供居住
也没有一个人建造房屋
或将要建造房屋
没人打算找回丢失的棉籽
或到山上拾柴
没人盘下炉灶,也没人保存一星火种
更没人点灯
去察看往日的温暖如何变成寒流
没人跑到大雪覆盖的路上
试着打听一下春天到来的消息
所有人都感到冷
所有人就只剩下冷

每个活下来的人都是勇士

我生下来就经历了大饥荒
因为养不活,被父母送到虚古镇
还好,养父母出身卑微,没有反骨也没野心
他们只踏实于眼前的日子
与另一些人相比,没受过太多磨难
我下地割草掉进井里
好在是一口干井。那一年十二岁
赶上大地震,险些被断裂的檩木要了命
平静没几年,洪水又灌满燕山
老宅子泡在深水里,泄洪道上漂着车马与棺木
到了今天疾病缠身,头上高悬一把剑
此后,除了自然,从不迷信任何人造物
这使我孤独,陷进深深的虚无
事实上,每个生者都是了不起的勇士
孩子躲过天花,老人躲过回忆,恶人躲过忏悔
种地的人躲过灾年,灾年躲过赋税
机器躲过旧零件,乞丐躲过假钱
读书人在夜里惊出一身冷汗,躲过先哲睁着的眼
目不识丁的人躲过舶来词
在虚古镇,活下来的人都属于侥幸
同在一片天空下,如跳动的音符
英雄交响曲飘过树梢、水面、山顶
我啊,流着泪寻找日常里的神性

野蜂

没人告诉我,当雪覆盖整座燕山
那些马蜂会在哪里过冬
有时坐在我家老瓦房的热炕上
双腿搭着被子看窗外,西山白茫茫
会莫名想到那些金马蜂怎样过冬
会想到它们,一群群
在夏日的河边与山谷自由飞动
那时,我母亲
正蹲在堂屋给炉灶添加着干树枝

现在已是初春,树木喷出绿色
雾气消散,通透的视野里
只有小小的蝴蝶
飞在林中与窄窄的河面
没人告诉我,那些金色马蜂
赶路到了哪个州府,一想到它们
耳边就响起
马蜂消失日子里那隐隐的嗡鸣

没人敢靠近的金马蜂
成群飞在幽深的盛夏,悬崖或杂树丛
在它们的世界,旁若无人地忙碌
像地上卑微劳动的人
也没人告诉我,我的母亲

去了哪里，她一生平凡，无所期待
也是整天如此忙碌，旁若无人

一个中国老农晚年的记忆

一个不识字的农民的记忆常使我震惊
我清楚,爸爸一生只在四件事上下足了功夫
种庄稼、养牲口、赶车、漏粉①
平生他只能读自己的名字,其他概不认识
但在晚年,聊起往事,他却不时为我订正
那是打日本的事、土改的事、复查的事、四清的事
以及挖防空洞、挖海河、平坟和"批孔老二"的事
尽管除毛主席之外,他甚至再说不清别的领导人

---

① 漏粉:手工制作红薯粉条。

回忆一次与父亲生前的对话

抗美援朝五十周年的那个晚上
我们坐在电视前,众多老兵在讲述,这些遗世的功臣
我略带埋怨地问父亲,那时他在干什么
"我种地,养着你爷爷和姑姑"
他苍老地回答
眼里升起了褪色的年代
这个老车把式,把踏实的一生抵押给了土地
农闲时靠一些小手艺,在乡村谋生
本分得像四季,当他回忆时
就像在早晨打开窗子
看到的却是暮色正抵达暖水河畔的原野
中间的白昼都已被遗忘而省略
那是一个葵花怒放的岁月
如今想来
时光荒草般横亘在朝鲜废弃的老铁轨上
而钢铁撞击的回响,包裹在铁锈里
被它们自己所遗忘
唉,他孤苦的父亲、孤单的妹妹
比他更早地离开了人世,就像从没存在过一样

写给韩泽云

最后叫你一声兄弟,没打招呼,你就先走了
走了就走了吧,唉,早晚谁都会走
杜甫说,世间好友也难得相见
就好像西方与东方的星辰,此起彼落
那时我们这一群先后都走了,我是说走出虚古镇
走出群山中的童年、少年
只有你没动,一直在原地等着众人回去
如同一件用过又被遗忘的过时农具
堆在杂物间或挂在屋檐下:我们游过的那条河
仍在老河道里流动
我们拾过柴的群山还耸立在原地
最高峰窗棂顶至今没人爬上去
夜晚我们藏身、清晨我们听鸟的杂树林
也都在原地。老杜接着说,明日隔山岳
世事两茫茫[1]。现在,我们阴阳相隔,生死两茫茫
当你走后,河水又被别人抽上来
灌溉着他们的麦子和蔬菜
群山中的动物仍在夜里繁殖
它们埋进柔软草叶的窝,发出粗重的呼吸
眼睛闪出贼亮的光
而树木再次把枝条伸进阳光里开花,结满果实
雪照样落下来,落在我们居住过的屋顶上

---

[1] 参见杜甫诗《赠卫八处士》。

我们各自的房屋真的太旧了
院落的石头围墙开始向里倾倒
墙外的小街被山洪带来的碎石淤高
当然，还有啊，你一定记得
那些追赶过我们的野蜂也会追赶陌生的后人
在漫长的、万物生长的夏天
悬崖顶，堤坝上，那些金色蜂巢四周

每个人都出生在命定的时辰

每个人都出生在命定的时辰
就像我出生,大地上,牛马在阳光或细雨里拉犁
羊在山坡吃草,西山继续高耸入云
树木在山崖上摇晃,制造风
东面一条河,北边的良田伸向外县
南山脚下,一座大庙被造反的人拆成瓦砾
现在,轮到你出生,牛马已少见
积木一样的建筑排列在旷野
田里,零星的老人活成了孤儿,余生中自给自足
你出生后那第一眼:西山树木已稀疏
山谷里的采石场正抓紧填装黑火药
河水断流,荒草在河床铺展
重建的大庙气象威严但香火冷清,戏台寂静
北侧良田里的轧钢厂在招工
谁说山川永恒,我描述过的童年早已不在
可我必须如实记录,哪怕有人说我撒谎
就像我也误以为后来者生在了异乡:山不再是从前的山
人已是陌生人,哪里有什么永恒
我必须要亲历我的时代,无论温暖抑或冷酷
我不羡慕之前和之后的人,他们跟我无关
我接受属于我的,顺应正在到来的
送别所有逝去的
曾经的太阳与月亮,还在时辰的旋涡旋转
即便如此,我也不再奢谈永恒

我们是陌生的

当我在这面山坡望向对面的山坡
我看到了你,我们是陌生的
你也在俯视,张望,我不知道你是否看到了我
整座大山只有我们
你知道,我们是陌生的:两个偶然的人
隔着深谷,站在两个耸立了亿万年的山坡上
然后你穿过草丛和灌木翻过山脊
回到山那边你寄身的村庄
我也会下山去,回到山峰这边我的村庄
我爸爸、我爷爷都曾居住过的村庄
群山寂静状如凝固的波浪
一代代人在转瞬变旧的房屋里繁衍
我们处在同一时空,但或许我们仍将无从相识
我们之间隔着一道深深的山谷
那也是时间的深渊

在蓝烟缭绕的群山

那蓝烟缭绕的群山,有我全部丢失的记忆
这是一个仁慈的家园,存放着梦与过往
我常常爬上那些山冈眺望
我承认,整日里,我一无所见
我深深体会到那些仁慈——眼前事物带来的仁慈
总比人们给我的更多
人们啊,永远像我第一次乘坐火车看到的海
那时,我年轻的生命里
海让我知道什么是新奇和茫然
就如现在,人到中年,我站在群山之中
仿佛一道最小的波浪托着孤舟,飘在海面

鸟

我们因野心而笨重,没有了鸟类的轻盈
鸟有着无国界的一生
我们被留在地上,历经人的坎坷
地平线成了我们的栅栏
鸟在它的领空设置了自己的路标
只是我们看不到
我们也听不懂它们的歌,它们俯视着地面
人走在人的路上,牛羊走在牛羊的路上
一家一家,鸟们混飞在一起
而我们,一家一家,有着清晰的地盘
我们在地面活着,嘴上说:敞开吧心扉
却把更多的锁加固在门上
我常仰头追随鸟儿的翅膀,很多人跟我一样
我们的孩子也跳着脚呼喊
在晴朗的夏日午后或北风吹透的深秋
树木开出花朵,树木结满果实,树木落光叶子
但我们还是羡慕馨香空气里鸟的自由
而当雷雨过后,盛夏最后一朵玫瑰已凋零
我来到草地、河畔以及放学的孩子身边
地上是落叶和落花
昨天盘旋在我屋顶的那些鸟儿
前天,走在我前头的那些人,都失去了踪影
我和孩子们彼此安慰着,寻找白昼背后的星辰
竖起耳朵倾听鸟雀稀疏下来的鸣叫

在祖居地

如果我是个黑人，嗯，我肤色真的偏黑
如果我是他们眼中的黑人
夜就是我的保护色
我喜欢夜色里轻轻摇晃的树木
有时，村落里的老房屋也跟着摇晃
在摇晃的夜色里
我写下我的诗，它们一律呈现灰色
白昼的白掺杂了夜晚的黑
那样，灰烬的颜色就是我诗的保护色
它们都经过了火焰和死，轻与重
我每日都要伺候庄稼和土地
跟着父亲学会全套的农活
跟着母亲学会给苹果树剪枝、疏果
给母羊挤奶，给冬天的灶膛引火
我还跟一位同庚的姑娘
学会分辨苦爹子、苦妈子
虽然它们一起被人喊成苦苦菜
现在我羞于叫出她的名字
她嫁到山外，再也没有回来
就这样活着，晴耕雨读
在开始荒凉起来的虚古镇，我慢慢老去
这是我的祖居地，我也将埋在这里
就像我的父亲、母亲那样安息
土地的颜色成了我的保护色